AF282383

Andreas Brandstätter

Anne & Victor

Eine unzertrennliche Freundschaft

Roman

Bibliografische Information der Deutschen
Nationalbibliothek:
Die Deutsche Nationalbibliothek verzeichnet diese
Publikation in der Deutschen Nationalbibliografie;
detaillierte bibliografische Daten sind im Internet über
http://dnb.dnb.de abrufbar.

1. Auflage: Mai 2024

Herstellung und Verlag: BoD - Books on Demand,
Norderstedt

ISBN: 978-3-7583-3088-9

VORWORT

Liebe Leserin! Lieber Leser!

Ich habe die Freundschaft zwischen *Anne & Victor* als »*unzertrennlich*« definiert. Es mag sein, dass »*unzertrennlich*« ein hochgestecktes Ziel dieser bzw. auch jeder anderen Freundschaft ist. Doch ist es nicht unser aller Wunsch, dass eine Freundschaft mit einer uns nahestehenden und liebgewonnenen Person ein Leben lang andauert und als untrennbar gilt? Eine Freundschaft, die im Kindesalter, wenn Sie so wollen, in der Sandkiste beginnt und uns bis ins hohe Alter begleitet. Wunschvorstellung? - Haben Sie eine Freundin oder einen Freund, welche/er Ihr Leben seit vielen Jahrzehnten bereichert? Ist sie/er für Sie da, wenn Sie Hilfe, ein Gespräch oder einen Rat brauchen?
Das waren jetzt doch ein paar interessante Fragen, nicht wahr?
Anne & Victor jedenfalls verbindet eine besondere Freundschaft. Doch auch die beiden müssen sich den Herausforderungen, welche eine Freundschaft mit sich bringt, stellen. Nein, sie sind auf keinen Fall immer einer Meinung. Sie sind grundverschieden und in manchen Phasen des Lebens steht diese Beziehung sogar auf der Kippe. Doch ist es diese

besondere Freundschaft nicht wert, darum zu kämpfen und das eigene Ego beiseite zu stellen?

Vielleicht finden Sie sich in gewissen Passagen dieser Erzählung über *Anne & Victor* wieder und erkennen Parallelen zu Ihren Freundschaften.

Dies wünsche ich Ihnen von Herzen.

Ihr
Andreas Brandstätter

Dichter Nebel lag über der kleinen Ortschaft am Rande der Großstadt, die Dämmerung brach herein und die ersten Lichter in den Häusern wurden eingeschaltet. Erst waren es nur vier oder fünf Lichter, doch dann wurden es immer mehr. Jetzt kam wieder ein Licht auf der rechten Straßenseite hinzu, geradeaus wurden gleich mehrere Lichter angeknipst, ab diesem Zeitpunkt ging es Schlag auf Schlag. Man konnte die hellerleuchteten Räume und die Fenster, die den Lichtschein auf die Straße warfen, nicht mehr zählen. Es war wie eine Kettenreaktion, im Sekundentakt wurden die Häuser und Wohnungen mit dem wärmenden Licht zum Leben erweckt.

Nur in unserer Wohnung blieb es dunkel. Als ich die Wohnung betrat, betätigte ich mehrmals vergeblich den Lichtschalter im Vorzimmer. In diesem Moment kam Marie, meine Mutter, mit einer brennenden Kerze aus der Küche und stellte diese direkt auf dem Tisch im Wohnzimmer ab. Sie sah mich überrascht an, als ob sie ein Gespenst sehen würde. Dann umarmte sie mich. Sie drückte mich ganz fest, als wäre ich monatelang nicht zuhause gewesen. Mir blieb fast die Luft weg. »Es ist gut, Mama«, stöhnte ich noch heraus. Als sich die Umklammerung löste, freuten sich meine Lungenflügel über einen tiefen Atemzug.

»Anne, das Licht funktioniert nicht, es dürfte ein Defekt in der Stromleitung sein. Ich werde den Elektriker gleich morgen anrufen.«

Natürlich wusste ich, dass unsere Dunkelheit nichts mit einem Defekt zu tun hatte. Ich hatte vor einiger Zeit ein Gespräch meiner Eltern belauscht. Meine Mutter hatte meinem Vater erklärt, wenn nicht ein Wunder geschehe, könne die Stromrechnung nicht bezahlt werden, denn das Monatseinkommen langte nur für das Notwendigste, unser Essen. Da eben dieses besagte Wunder wieder einmal ausgeblieben war, es war nicht das erste Mal, saßen wir nun im Dunkeln bei romantischem Kerzenschein. Dieses Mal wirkte sich die *Wunderlosigkeit* auf den Strom aus, vor ein paar Monaten betraf es unsere Gasversorgung. Wegen dieser schwierigen finanziellen Lage meiner Eltern, konnte es immer wieder eine Überraschung geben. Obwohl meine Mutter die Geldmittel sehr sorgsam und sparsam verwaltete, war ein Engpass oftmals nicht zu verhindern. Nach einer langen Zeit der Arbeitslosigkeit hatte mein Vater vor ein paar Monaten eine schlecht bezahlte Anstellung als Hilfsarbeiter in der Metallfabrik gefunden. Meine Mutter ging stundenweise einer Beschäftigung als Reinigungskraft bei einer Aristokratenfamilie namens Hirschmann nach. Meistens arbeitete sie, während ich die Schule besuchte. Manchmal kam es auch vor, dass meine Mutter länger arbeiten musste, wenn die Hirschmanns Gäste zu einem kleinen Fest eingeladen hatten und meine Mutter das Küchenpersonal unterstützen durfte. Im Grunde genommen waren die Hirschmanns sehr nette Leute. Sie gaben meiner Mutter immer wieder Essen für meinen Vater und mich mit. Ab und zu erhielt ich auch Süßigkeiten, die ich natürlich sehr gerne entgegennahm. Jeden Bissen genoss ich mit all meinen Sinnen. Echt köstlich, daran könnte ich mich gewöhnen, dachte ich mir.

Mein Vater fand sich kaum mit seiner Tätigkeit in der Metallfabrik zurecht. Er erzählte immer wieder von einem Vorarbeiter namens Herrlich, der genau das Gegenteil von *herrlich* war. Er behandelte die Arbeiter sehr schlecht. Man konnte Herrlich nichts recht machen. Herrlich hatte laut meinem Vater die *Radfahrerhaltung* perfektioniert, nach oben buckeln und nach unten treten. Ja, so war Herr Herrlich. Kein Wunder, dass mein Vater des Öfteren Trost bei alkoholischen Getränken suchte. Seine Arbeitsschicht dauerte dann etwas länger und meine Mutter wartete ungeduldig, bis er endlich nach Hause kam. Die Auswirkung dieses Alkoholgenusses hatte drei Stufen:

Stufe 1: Herr Herrlich war selbst etwas *angeheitert*, der Arbeitstag war erträglich und mein

Vater kam leicht *angeheitert* mit einem Lächeln nach Hause. Alles war gut.

Stufe 2: Herr Herrlich hatte einen Wutanfall, der nicht allzu lang andauerte, aber sich nachmittags wiederholte. In diesem Fall trank mein Vater etwas mehr und regte sich bei der Ankunft zuhause auf. Doch nach der Suppe, die meine Mutter liebevoll servierte, hatte er sich beruhigt. Jetzt war wieder alles gut.

Stufe 3: Herr Herrlich hatte seine Macht missbraucht, ungerechtfertigte Verwarnungen ausgesprochen, vielleicht sogar die eine oder andere Kündigung exekutiert und alle verbleibenden Arbeiter gewarnt, dass sie gefälligst ihre Arbeit ohne Wenn und Aber verrichten sollen.

Ja, dann war es genug. Es vergingen viele Stunden, bis mein Vater die Wohnung betrat. Dann hatte er das eine oder andere Bier zu viel getrunken. Nichts war gut.

Er war aggressiv und schrie wie ein Wilder. In diesem Fall hatte ich Angst und verkroch mich in meinem Zimmer. Sein Gebrüll hörte ich durch die dicken Steinwände bis in mein Zimmer. Hier half nicht einmal der Polster, den ich mit aller Kraft auf meine Ohren presste. Sogar das köstliche Essen meiner Mutter konnte den Tag meines Vaters nicht mehr retten. Es kam auch vor, dass er vor Wut gar nichts mehr essen konnte. Eines möchte ich an dieser

Stelle festhalten, handgreiflich wurde mein Vater nie. Weder gegenüber meiner Mutter noch gegenüber mir erhob er die Hand. Es war die Verzweiflung, die ihm ins Gesicht geschrieben stand und die ihn ausrasten ließ. Unsere Wirtschaft erlebte damals eine Rezession, darum war mein Vater von dieser Arbeitsstelle abhängig. Er konnte auch keine Revolution lostreten, denn aufgrund dieser prekären wirtschaftlichen Situation traute sich niemand die Stimme zu erheben und das nützte dieser Herr Herrlich gnadenlos aus.

An solchen Tagen schwor ich mir, dass ich eines Tages alles verändern würde. Ich werde alles dafür tun, damit diese erbärmliche Lebenssituation unserer Familie ein Ende hat. So wird es sein, Anne, genau so, sagte ich mir! Dieses Vorhaben prägte sich tief und *unlöschbar* in mein Gehirn.

Ja, und an diesem Abend war es wieder soweit. Mein Vater, Daniel, kam von der Arbeit nach Hause und es galt Stufe 3. Jedes einzelne Wort konnte ich unter meiner Bettdecke verstehen. Ich hörte auch meine Mutter, die beruhigend auf meinen Vater einwirken wollte. Eine aussichtslose Situation, mein Vater wollte und konnte sich einfach nicht beruhigen. Mich wunderte, dass unsere Nachbarn noch keinen Polizeieinsatz ausgelöst hatten. Irgendwann, und ich kann nicht mehr sagen wie lange ich noch wach unter meiner Decke lag, wurde es still. So konnte ich doch noch ein paar Stunden bis zum Morgen schlafen. Etwas müde krabbelte ich aus meinem Bett, ging in das Badezimmer, hüpfte in meine Klamotten und begrüßte meine Eltern in der Küche mit einem sehr freundlichen

»Guten Morgen!«

»Hallo, Anne«, sagte meine Mutter. »Gestern war es sehr laut bei uns und dein Vater will dir etwas sagen.« Mein Vater räusperte sich und sagte:

»Anne, es tut mir leid, ich möchte mich bei dir entschuldigen.« Gleichzeitig nahm er mich in die Arme.

»Ist schon gut, Papa«, sagte ich, »irgendwann wird alles gut, du wirst sehen.«

Meine Eltern staunten über meine Aussage. Sie waren verwundert, dass ein 13-jähriges Mädchen nach dieser schlimmen Nacht solche Worte fand. Klar, sie wussten doch nichts von meinem Vorhaben, alles zu verändern. Genau diese Situationen bestärkten mich bei diesem Unterfangen. Im Grunde genommen war mein Vater ein liebenswerter Mensch, nur die Kombination Job-Herrlich-Alkohol trieb ihn zu diesem *unfriedlichen* Handeln. Ein klarer Auftrag, um mein Vorhaben in die Realität umzusetzen und ich begann damit, meinen Schulrucksack und die vorbereitete Jause zu nehmen und den 15 Minuten langen Schulweg zu gehen.

So wie jeden Tag traf ich drei Häuserblocks vor der Schule an der Kreuzung meinen Freund Victor Schmidt. Er war ein außergewöhnlicher Junge. Es gab das Gerücht, dass Victor eine leichte Form des Asperger-Syndroms hätte. Das Asperger-Syndrom ist eine Form von Autismus mit einer neuronalen und mentalen Entwicklungsstörung. Da ich niemals ein ärztliches Attest sah und Victor niemals über diese Krankheit sprach, schenkte ich diesem Gerücht keinen Glauben. Victor verhielt sich manchmal anders als andere Jungs in seinem Alter, aber das störte mich nicht. Nur weil er sich anders verhielt, bedeutete dies noch lange nicht, dass er tatsächlich diese Krankheit hatte. Ich gebe zu, etwas eigen konnte Victor schon sein. Doch sind wir das nicht alle hin und wieder? Jeder Mensch trägt doch seine Macken mit sich herum. Also ich ganz bestimmt und den einen oder anderen Tick werde ich auch sicher nie mehr los. Victor wirkte auf den ersten Blick schüchtern. Er tat sich schwer, sich auf etwas Neues einzulassen. Solange alles der Norm entsprach, also seinen gewohnten Lauf nahm, konnte Victor gut damit umgehen. Gab es aber die geringste Veränderung, wenn beispielsweise eine Unterrichtsstunde ausfiel oder noch schlimmer, der Stundenplan nicht exakt eingehalten wurde, kam es zu Problemen. Wie kann es sein, dass jetzt Mathematik unterrichtet wird, wenn doch Physik am

Stundenplan steht? Ja, das waren wirklich große Probleme. Seine Mutter, Frau Schmidt, erzählte meiner Mutter, dass sich Victor in vielen Momenten sehr einsam fühle. Er hatte nie erwähnt, dass das Gefühl von Einsamkeit und auch Traurigkeit den Großteil seines Alltags bestimmte, doch man konnte es gut beobachten, wenn er in *seine* Welt eintauchte. Dann häuften sich kurze Dialoge, die er mit sich selbst führte, denn es war sonst niemand in der Nähe. Bis Anne, also ich, in sein Leben trat. Anne und Victor, ein unzertrennliches Team. Ein *normales* Mädchen gleichen Alters, das ihn von nun an begleitete und ihm etwas Halt in der Außenwelt geben sollte. Hier möchte ich anmerken, dass auch ich hin und wieder Selbstgespräche führte, also diese Eigenheit konnte ich mit Victor teilen.

Obwohl mich Frau Schmidt noch nie gesehen hatte, begrüßte sie meine Anwesenheit. Dies wiederum belastete mich, denn ich musste somit den Vorschusslorbeeren gerecht werden. Ich hatte von nun an eine gewisse Verantwortung zu tragen. Wie konnte Frau Schmidt wissen, dass ich *normal* wäre?

Was ist schon normal? Wer definiert den Begriff *normal*? Wer kann schon von sich behaupten, dass er normal ist? Wer will schon ganz normal sein? Was für mich normal ist, ist für jemand anderen total absurd. Manche Alltagssituationen fordern vielleicht sogar einen Funken von *Abnormalität*.

Also ein Mädchen mit 13 Jahren, unterwegs Richtung *Abenteuer Pubertät*, launenhaft, mit anfänglich unkontrollierten Emotionen und unberechenbaren Erscheinungsbildern, als *normal* zu bezeichnen, ist doch etwas gewagt. Ich hoffte, dass dieses Verhalten nie bis zu Frau Schmidt vordringen würde, denn diese Information hätte durchaus meine Freundschaft mit Victor gefährden können und ich hatte doch den Auftrag, Victor zu helfen. Bis dahin lief alles *normal*, um beim Thema zu bleiben.

Ich begrüßte ihn: »Hallo, Victor!«

»Zu spät!«, war Victors Begrüßung.

»Was?«

»Du bist zu spät!«, wies mich Victor zurecht.

»Zu spät wofür?«, lautete meine Gegenfrage.

»Im Vergleich zu gestern bist du 4 Minuten, 32 Sekunden zu spät. Gestern warst du um 7 Uhr 11 Minuten und 43 Sekunden genau an dieser Stelle.« Bei dieser Aussage blickte Victor kurz auf seine Armbanduhr, die wohlgemerkt ein analoges Ziffernblatt hatte.

»Danke für den Hinweis, Victor.« So war Victor, er konnte unglaubliche Dinge, aber im sozialen Umgang hatte er Defizite.

»Im Wochendurchschnitt liegt deine Verspätung bei 3 Minuten und 56 Sekunden, im Monatsdurchschnitt sind es dann…«

»Es ist gut, Victor«, unterbrach ich seine Rechenkünste, die er so aus dem linken Ärmel schüttelte.

»Wie geht es deinem Hamster?«, mit dieser Frage wollte ich Victor etwas ablenken, während wir in Richtung Schule unterwegs waren.

»Ich weiß es nicht!«, antwortete Victor. Das war seine Standardantwort, denn vor längerer Zeit hatte Victor mir erklärt, dass man mit Tieren nicht kommunizieren kann, da sie der menschlichen Sprache nicht mächtig sind. *Eine erstaunliche Erkenntnis - ein wissenschaftlicher Quantensprung.* Ich präzisierte meine Frage.

»Lebt dein Hamster noch?« Und diese Frage konnte Victor mit Sicherheit beantworten und das tat er dann auch mit einem kurzen »Ja.« Somit wusste ich, dass es dem Hamster gut ging.

Als wir die Schule betraten, sagte Victor wie aus dem Nichts: »….3 Minuten und 24 Sekunden….«

Ich lächelte Victor an, denn ich wusste, er meinte meine monatliche Durchschnittsverspätung. Victor konnte diese für ihn wichtige Information nicht für sich behalten. Trotz seiner speziellen Art mochte ich Victor. Über die Jahre hatte er Vertrauen zu mir aufgebaut, keine Selbstverständlichkeit in Victors Welt.

Victor war in der Klasse gut integriert und das fand ich toll. Er brauchte einen normalen sozialen

Umgang und diesen erhielt er in unserer Schule. Dafür musste man unserer Professorin, Frau Julia, dankbar sein, denn sie hatte sich für Victor eingesetzt und seitdem gehörte er zur Klassengemeinschaft wie jeder andere Schüler, obwohl wir alle, und auch Victor, täglich mit Herausforderungen konfrontiert waren. Ich durfte Victor als Freund bezeichnen, aber für Victor war ich einfach Anne und das war gut so. Victor hatte keine Vorurteile. Seit ich ihn kenne hat er mich nie angelogen - eine großartige Basis für unsere Freundschaft.

Für Menschen, die Victor zum ersten Mal begegneten, wirkte er etwas sonderbar. Auch so mancher Klassenkamerad tat sich im Umgang mit Victor schwer. Viele der Mitschüler hielten Victor für einen Nerd. Aber für mich galt das nicht, er war Victor, ein guter Freund.

Wir kamen in die Klasse und setzten uns. Victor begann sein Schreibzeug und die Schulhefte auszuräumen, diese Handlung brauchte Zeit. Er hatte sich für jedes Utensil einen genauen Platz ausgedacht und exakt nach diesem Schema platzierte er sie auch. Sein Tisch sah jeden Tag von Montag bis Freitag gleich aus. Auch seine Stifte verteilte er nach Farbstufen von ganz dunkel bis hell. Niemals lag ein Teil schief auf dem Tisch, alles war kerzengerade, Buntstifte mit der Spitze nach oben ausgerichtet.

Vor einiger Zeit borgte ich mir von Victor einen Stift aus und nach Gebrauch legte ich ihn zurück. Nach der Pause, als Victor wieder zum Tisch kam, merkte er sofort, dass dieser Stift nicht *richtig* lag. Man konnte Victor also nichts vormachen. Wenn ich ihn fragte, warum er das alles so macht, kam eine kurze Antwort: »Das muss so sein!« Na gut, dachte ich mir, wenn es so sein muss, dann muss es auch so sein. Ich war der festen Überzeugung, dass diese Rituale Victor Halt im Leben gaben. Eine gute Idee, vielleicht sollte ich mir auch Rituale aneignen, denn Halt und Sicherheit im Leben kann nicht schaden.

Victor war kein schlechter Schüler. Seine Leistungen waren in manchen Fächern durchschnittlich, aber in anderen Fächern wie z.B. Mathematik galt er als Genie. Auch Physik und Chemie waren Unterrichtsfächer, wie für ihn gemacht. Wenn ich über so manche chemische Formel nachdachte, um auch nur ansatzweise zu verstehen, welchen Sinn oder Zusammenhang diese Formel hatte, schien dies für Victor vollkommen klar. Er konnte nicht verstehen, warum ich so manches *Geheimnis* einer chemischen Zusammensetzung nicht lüften konnte. Als Victor wieder einmal Klassenbester beim Chemietest war, fragte ich ihn: »Wie machst du das?« Und es kam die für ihn typische Antwort: »Ich lese die Fragen und schreibe die Lösungen darunter hin.«

HIMMEL VICTOR, schrie ich gedanklich in solchen Momenten. Ich lese auch die Fragen, aber bei so mancher Frage verstand ich nur *Bahnhof.* Wie sollte ich eine Lösung finden, wenn ich nicht einmal die Formulierung der Frage verstand?

Mit dem Unterrichtsfach Musik hatte Victor Schwierigkeiten. Schon beim Schreiben der Noten gingen die Probleme los. Er konnte keine Noten auf die Notenlinien schreiben, sondern nur in die Zwischenräume. In seiner Welt durfte es nicht sein, dass Schriftzeichen, in diesem Fall Noten, auf Linien geschrieben werden, denn dafür waren die Zwischenräume vorgesehen. Unser Musikprofessor, Herr Wolf, sah das etwas anders. Doch Victor blieb konsequent und seiner Einstellung treu. Am Jahresende erhielt er einen *geschenkten* Vierer, wie es Herr Wolf nannte, doch das war Victor egal. So mancher konnte sich mit dem Singen eine bessere Schulnote verschaffen, aber Victor war hier völlig talentfrei. Sein Singen klang wie eine alte Transformatorstation der Stromgesellschaft. Ein gleichmäßiges Brummen ohne Rücksicht auf Verluste. Oder er sang monoton in einer Tonhöhe, welche fast nur für Hunde hörbar war, aber meilenweit entfernt von der Vorgabe in den Notenblättern. Alle Mitschüler lachten sich schief, wenn Victor mit seiner Arie loslegte. Professor Wolf hatte wenig Freude mit dieser Art des Singens und bat Victor, während der Gesangsstunde zu lesen und keinen Ton von sich zu geben. Victor machte es nichts aus. Einmal, nachdem Herr Wolf Victor um eine kurze Gesangsprobe gebeten hatte, um sie dann gleich wieder zu beenden, zwinkerte Victor mir zu. Ich will Victor wirklich keine Absicht unterstellen, aber möglicherweise nützte er mit Freude diese Situation aus, um die ganze Klasse zu unterhalten. Aufgrund dieser Erlebnisse im Musikunterricht konnte man es nicht für möglich halten, aber Victor liebte klassische Musik, im Speziellen die Musik von Mozart. Dies wussten seine Eltern und ich. In der Schule hatte Victor niemals seine Interessen erwähnt. Er bezeichnete Mozart als seinen Freund. Es ist mir zwar ein Rätsel, wie man mit Mozart, der vor über 200 Jahren verstorben war, eine Freundschaft pflegen konnte, aber in *Victors Welt* schien es möglich zu sein.

Diese privaten Mozartkonzerte zelebrierte Victor, er wählte die für ihn richtige CD seiner großen Mozartsammlung aus, legte diese in den CD-Player und drückte den Startknopf. Diese Musiksammlung hatte er alphabetisch geordnet, sodass er jederzeit die gewünschte CD finden konnte. Mit einer sehr angenehmen Lautstärke erklang das Intro des Orchesters. Victor war sehr lärmempfindlich, daher wusste er ganz genau, wie er den Lautstärkenregler positionieren musste. Im Alltag konnte es passieren, dass er ohne Vorwarnung die Situation verließ und ein ruhiges Plätzchen suchte, wenn ihm der Lärmpegel zu hoch wurde. Da ich Victor gut kannte, wusste ich, wenn er das rechte Handgelenk hin und her drehte und diese Bewegung immer schneller wurde, dass er bald weg sein würde. Dieser Tick deutete darauf hin, dass die Situation für Victor unangenehm wurde. Da konnte es schon einmal sein, dass die feierliche Sonntagsmesse, wenn das Orchester und die Kirchenorgel gleichzeitig einsetzten, ohne Victor zu Ende ging. Dann wartete er geduldig sitzend auf der Holzbank vor der Kirche, bis seine Eltern nach der Messe zu ihm kamen. Am Sonntag trug Victor meistens seinen grauen Anzug mit Krawatte. Der oberste Knopf am Hemdkragen musste offen bleiben, andernfalls hatte er ein *Würgegefühl*, dies er auf keinen Fall aushielt. Er trug bequeme Sportschuhe, am liebsten in weißer Farbe und seine Haare waren perfekt zu einem Mittelscheitel gekämmt. »Ein sehr hübscher Junge«, wie meine Mutter zu sagen pflegte.

»Hey, Victor, was machst du hier vor der Kirche?«, ich wollte den Grund für sein plötzliches Verschwinden herausfinden.

»Ich sitze auf einer Bank.«

Typisch Victor. Ich musste meine Fragestellung ändern. »Ich meine, warum hast du den Gottesdienst verlassen?«

»Es war zu laut.« Und dann setzte er zu einer weiteren Erklärung an: »Der Start eines Flugzeugs hat einen Lärmpegel zwischen 110 - 140 dB, eine Kreissäge hat 110 dB, ein Quietschentchen am Ohr hat 90 dB, ein Staubsauger hat 70 dB....« Ich unterbrach Victor: »Ja, ist gut Victor und bei wie viel dB lag die Musik in der Kirche?«

»Ich weiß es nicht genau, aber ich würde sagen, sie lag irgendwo zwischen Staubsauger und Quietschentchen.« »Sehr gut, Victor, danke für die Information«, sagte ich und gleich darauf dachte ich mir, warum musste er sich auch direkt vor das Orchester hinsetzen. »Vielleicht versuchst du es einmal mit Gehörstöpsel?« Es wäre in meiner Welt doch einen Versuch wert. Doch Victor konterte:

»Das geht nicht!«

»Warum geht das nicht, Victor?«

»Dann kann ich nichts hören.«

Alles klar, dachte ich mir, dann lassen wir dieses Thema jetzt einmal so stehen. Ich wusste, es würde in eine unendliche Diskussion ausarten und dabei zog ich meist den Kürzeren.

Victor hatte nicht viele Freunde, um nicht zu sagen gar keine. Die Schulkameraden beschränkten den Umgang mit Victor auf den Schulbereich. In der Freizeit machten sie meistens einen Bogen um ihn, was ich persönlich sehr schade fand. Aber Victor beschwerte sich nie darüber. Victor und ich trafen uns auch außerhalb der Schule. Wir machten Spaziergänge durch den Wald, wir liefen über Wiesen und Felder, in unserer Nähe gab es wunderschöne Lavendelfelder. Diesen einzigartigen Lavendelduft werde ich nie vergessen. Einmal wollte ich mit Victor Verstecken spielen. Ich erklärte Victor die Regeln - *Augen zu* - *Zählen* - *Suchen* und so weiter. Es würde bestimmt Spaß machen. Doch Victor wollte partout nicht Verstecken spielen, er sagte: »Warum soll ich dich suchen, du bist doch hier neben mir?« Ich versuchte ihm den Sinn zu erklären, doch es war zwecklos. Er blieb bei seiner Meinung, er würde mich nur dann suchen, wenn ich verloren gehen oder mich bei einer Wanderung verirren würde. Bei vielen Spielen hatte Victor so seine Eigenheiten. In *Vier gewinnt* und *Schach* war er fast unschlagbar, das waren seine Spiele. Auch, wenn die Schachpartie mit seinem Vater viele Tage zurücklag, wusste er noch ganz genau, welche Schachzüge er gemacht hatte und nicht nur das, er wusste auch die Züge seines Vaters. Unglaublich! Ich war genau das Gegenteil, ich konnte mich kaum an meinen vorletzten Schachzug erinnern. Daher spielte Victor mit mir nur unter Protest, wenn wirklich niemand sonst zur Verfügung stand. Meistens dauerten diese Schachpartien auch nicht lange, denn im Nu stand es *Schach* und dann *Matt*. Victors Schlussworte nach dieser Demütigung lauteten dann immer:

»Du kannst nicht Schach spielen.« Ja, in diesem Fall hatte er natürlich recht.

In den Ferien verbrachten wir viel Zeit in der Natur. Obwohl Victor immer wieder etwas von Projekten erzählte, begleitete er mich zumeist bei meinen Abenteuererkundungstouren.

Für Victor hätte der Nachname *Vorsicht* gut gepasst. Zu Beginn unserer Touren ging es bei Victor immer darum, alle Gefahren auszuschließen. Also kein Laufen, sondern nur gehen. Immer den Weg entlang, niemals querfeldein. Er hatte auch Sorge, dass seine Kleidung und seine Schuhe schmutzig werden könnten. So setzte er einen Schritt nach dem anderen, ganz bedacht. Pfützen konnte er schon auf drei Kilometer Entfernung orten, um eine alternative Route zu wählen. Ja, das war kompliziert. Mein Nachname hätte *Wild* lauten können. Laufen, am besten mitten durch das Gelände, großartig! Das Gras konnte gar nicht hoch genug sein, ich rannte direkt darauf los. Willkommen Pfützen! Ein Sprung genügte und ich landete mitten drin. Victor konnte es nicht verstehen. Doch mit der Zeit wurde er lockerer und zumeist lief er hinter mir her. Einmal konnten wir auf dem regennassen Gras nicht rechtzeitig bremsen und hinter dem Hügel machten wir Bekanntschaft mit einer riesigen Pfütze. Ich lachte, denn dieses Mal war Victor von oben bis unten schmutzig. Den ganzen Weg nach Hause zupfte er an seiner nassen Kleidung. Er bewegte sich, als hätte er in die Hose gemacht. Kein Wort sprach er mit mir. »Mein Gott, Victor, es ist doch nur Schmutz, es gibt eine Waschmaschine.« Es blieb beim Schweigen im Walde.

Manchmal konnte Victor doch über seinen Schatten springen und wir ließen uns einfach in das hohe Gras der Blumenwiese fallen und beobachteten den Himmel. Wir sahen fantasievolle Wolkenformen am Himmel vorbeiziehen. Wie weiße Watte zierten die Wolken den hellblauen Himmel. Zwischendurch lenkte uns die Flugformation eines Vogelschwarms ab. Unzählige Vögel zogen ihre Kreise am Himmel, während wir nach oben starrten.

»Siehst du das?«, sagte Victor wie aus dem Nichts.

»Was? Die Vögel?«

»Die Flugformation der Vögel«, konkretisierte Victor.

»Sie fliegen ganz eng aneinander, ohne sich zu berühren. Und ganz plötzlich ändern sie die Flugrichtung und keiner dieser Vögel verlässt die Formation. Zeitgleich, wie auf Befehl, wird das Manöver durchgeführt, als ob jeder einzelne Vogel genau in dieser Sekunde denselben Gedanken zur Veränderung der Flugbahn hätte.«

Victor hatte recht. Der Vogelschwarm flog die schönsten Figuren vor unseren Augen am Himmel.

»Hier kann sich unsere militärische Kunstflugstaffel ein Beispiel nehmen«, sagte ich etwas provokant. Obwohl die Piloten jedes Jahr am Nationalfeiertag kunstvolle Figuren flogen und uns zum Staunen brachten, war es mit dieser *Flugshow* der Vögel nicht zu vergleichen.

»Sieh nur, jetzt lassen sie sich einige Meter gleichzeitig abfallen«, Victor war fasziniert.

»Wie funktioniert das? Wie kommunizieren die Vögel?«

»Victor, vielleicht gibt es ein *vogelianisches* Funksystem«, ich grinste ihn an.

»Nie davon gehört«, er starrte wie hypnotisiert in die Luft, um den Vogelschwarm zu beobachten.

»Das war ein Scherz«, versuchte ich zu erklären, »vielleicht fliegen sie nach Intuition.«

»Niemals«, antwortete Victor kurz.

Wir beobachteten noch einige Zeit die *Flugshow* der Vögel. Ich dachte, welcher Vogel würde ich in dieser Formation sein? Ein Anführer, der ganz vorne fliegt? Ein Vogel, der in der Mitte, oder einer, der ganz am Ende fliegt. Keine Ahnung. Über diese Gedanken konnte ich mit Victor nicht sprechen, er hätte bestimmt gesagt, dass er kein Vogel sei.

Ein andermal sprang Victor plötzlich auf und sagte: »Komm, ich muss dir etwas zeigen!« Wir liefen über die Wiese, durch das Lavendelfeld bis zum Waldesrand und dann noch ein paar Meter nach rechts. »Hier sind wir!«, verkündete Victor unsere Ankunft voller Stolz.

Wir standen vor einer etwas verwitterten Holzbank am Waldesrand. »Hinsetzen!«, befahl Victor. Wir setzten uns und die Sonne strahlte in unsere Gesichter. Es war Herbst, die Sonne hatte nicht mehr die Kraft des Sommers, doch die Wärme, die sie uns spendete, fühlte sich sehr angenehm an. Ich war gespannt, was Victor vorhatte.

»Augen schließen!« Ich hatte keine Ahnung, was auf mich zukommen würde, aber ich ließ mich auf diese Situation ein. Es vergingen einige Minuten und bei mir kam schon etwas Langeweile hoch. Doch nun kam die nächste Aussage von Victor. »Hörst du das?«

Was sollte ich hören? Wir saßen alleine und verlassen auf einer Holzbank am Waldesrand, einige Kilometer von jeglicher Zivilisation entfernt. Ich spitzte meine Ohren, doch ich konnte nichts hören. Es vergingen wieder einige Minuten, ich hörte noch immer nichts.

»Victor, willst du mich veräppeln?«

»Sag nur, du hörst das nicht!«, warnte mich Victor.

»Du musst es doch hören! Das hört doch jeder!«

Beim besten Willen konnte ich nichts hören. Ich wusste nicht, was im Gehirn von Victor so vorging. Vielleicht hörte er das Gras wachsen.

»Ja, jetzt höre ich es.« Es war ein kleiner Schwindel, denn ich hörte noch immer nichts und ich hoffte, dass mich Victor jetzt in Ruhe ließe.

»Ich habe es gewusst, dass du es auch hören kannst! Ist das nicht erstaunlich?« Ich konnte noch immer nichts hören. Voller Verzweiflung sagte ich: »Ja, Victor, total interessant. Wie bist du da draufgekommen?« Ich musste ihn etwas aus der Reserve locken, damit er noch mehr von seinem *Hörerlebni*s berichtete und ich ihm somit etwas folgen konnte.

»Vor einiger Zeit kam ich hier her und setzte mich auf diese Bank. Und dann begann das Konzert. Ich konnte es nicht glauben. Je mehr ich mich darauf konzentrierte, desto intensiver wurde das Geräusch.« Hm…was meinte Victor? Konzert? Geräusch? Welche Laute hatte dieser Mensch in seinem Kopf? Ich sagte nichts, doch Victor hatte mich durchschaut. Ich öffnete meine Augen und Victor schaute mich direkt an.

»Du hörst nichts. Richtig?«

»Erwischt. Nein, ich kann nichts hören, Victor.«

»Schließe nochmals deine Augen! Konzentriere dich! Atme ganz ruhig!« Ich machte ein paar langsame Atemzüge und mit jedem Atemzug spürte ich mehr Ruhe und Gelassenheit in mir. Meine Konzentration wurde genau auf diesen Moment in das Hier und Jetzt gelenkt. Dann war es soweit,

Victor hatte recht. Es dauerte noch einen Moment. Ganz leise, es war fast leiser als mein Atemgeräusch, hörte ich ein *Knacken*. Die Knackgeräusche häuften sich. Je mehr ich mich darauf konzentrierte, desto lauter wurden die Geräusche. Ich konnte es tatsächlich hören.

»Woher kommt dieses Knackgeräusch?«, fragte ich Victor.

»Mach die Augen auf! Sieh dich um!« Ich drehte mich um und sah eine mächtig große Buche, die direkt hinter der Holzbank stand. Die Äste ragten über unsere Köpfe hinweg auf den Waldweg.

»Die Hüllen der Bucheckern dieser Rotbuche geben diese Knackgeräusche von sich. Diese Hülle wird Fruchtbecher genannt. Wie du sehen kannst, sind viele Hüllen schon leer, denn die Nüsschen sind ein beliebtes Fressen für Nagetiere. Doch sie hängen noch an den Ästen und geben ein *Konzert*. Vielleicht verständigen sich die Vögel beim Fliegen auch auf diese Art, wie das Knacken der Bucheckern.«

»Wow, Victor!« Man konnte das Knacken jetzt genau hören und es waren unzählige *Töne*, die von der Rotbuche kamen. Ich fragte Victor lieber nicht, ob er die *Töne* zählen konnte, für mich wäre diese Aufgabe schier unmöglich gewesen.

Diese Einzigartigkeit schätzte ich an Victor. Niemand sonst hatte bisher solche Entdeckungen gemacht. Wer würde sich die Zeit nehmen, um auf

Entdeckungsreise zu gehen? Niemand! Schade eigentlich, es gäbe bestimmt noch viel zu entdecken. Meine ganze Hoffnung lag in diesem Fall bei Victor. Er schenkte mir diese besonderen Momente, die mit nichts auf der Welt zu bezahlen waren. Ich nannte diese Momente eine Auszeit für Körper, Geist und Seele. Auch Victor konnte in diesen Augenblicken eine gewisse Gelassenheit spüren. Dieser Augenblick durfte genau so sein, wie er war. Hier gab es nichts zu verbessern, obwohl natürlich mein Verstand immer nach Verbesserungen suchte. Aber dieser Moment war perfekt. Losgelassen von allen Vorstellungen, wie etwas zu sein hat, um als perfekt zu gelten. Abseits von allen vorgefertigten Meinungen, die man sich so gebildet hat. Ein wundervolles Gefühl! Victor lehrte mich, vielleicht sogar unbewusst, dass die Schönheit in den kleinen Dingen zu finden ist - das Knacken der Bucheckern. Er hatte sich die kindliche Neugier, den Entdeckerinstinkt bewahrt. Wunderbar! Man sollte die Gelegenheit beim Schopfe packen und für einen Moment wieder Kind werden. Für Victor war es Normalität, doch für viele Gleichaltrige, inklusive mir, galt das leider nicht. Er widersetzte sich gekonnt den Einflüssen von außen und weigerte sich, erwachsen zu werden. Wie es Peter Pan vorgezeigt hat, erlebte er ein Abenteuer nach dem anderen in seiner Welt der Fantasie. Lass uns fliegen Victor

Pan, bis ans Ende der Welt! Welch ein schöner Gedanke.

»Du bist großartig, Victor!« Dieses Kompliment musste ich ihm machen.

»Weiß ich doch. Darum werde ich dich auch irgendwann heiraten, Anne.« Ich musste kurz schlucken, denn mit dieser Ansage hatte ich nicht gerechnet. Aber Victor war immer für eine Überraschung gut.

»Ach so! Du bist dir ganz sicher, dass ich einer Heirat zustimmen würde?«

»Ja!«, sagte Victor kurz und trocken. Unglaublich, bei dieser Aussage zuckte er nicht einmal mit der Wimper.

»Warum bist du dir da so sicher, Victor?«

»Du bist intelligent Anne und du wirst dir so eine Chance doch nicht entgehen lassen.«

Wieder war diese Antwort staubtrocken. Ich lachte ganz laut, aber Victor blieb cool. Ein Machogehabe sondergleichen, doch er wusste gar nicht, wie sich ein Macho verhält. Eine neue Facette in Victors Verhalten kam zum Vorschein.

»Aha, du glaubst also, dass andere Jungs kein Interesse an mir haben und du quasi freie Bahn hast?«

»Ja«, sagte mein Bräutigam in spe, dabei starrte er auf das Lavendelfeld.

Ich wusste, dass Victor Probleme mit Nähe hatte. Daher stellte ich ihn auf die Probe. Wir saßen mit etwas Respektabstand auf dieser Holzbank und Victor hatte seine Hand zwischen mir und ihm platziert. Ich legte meine Hand auf seine Hand und wartete ab, was passieren würde.

Es dauerte keine Minute, bis Victor *unrund* wurde. Er rückte hin und her, traute sich aber nicht, seine Hand wegzuziehen.

»Was ist denn, Victor?«, fragte ich etwas schelmisch.

»Deine Hand…«

»Was ist mit meiner Hand, Victor?«

»Deine Hand liegt auf meiner drauf!«

»Das ist dann so bei verheirateten Erwachsenen«, erklärte ich.

»Noch sind wir nicht verheiratet.« Das letzte Wort war noch nicht verklungen, da hatte Victor seine Hand schon weggezogen.

»Das müssen wir bis zur Hochzeit noch etwas üben, lieber Victor.«

Jetzt schwieg Victor und das Thema Heirat war für diesen Tag vom Tisch.

So verbrachten Victor und ich viele gemeinsame Stunden.

Zu Victors absoluter Lieblingsbeschäftigung gehörte das Bummeln durch den Flohmarkt in der

Stadt. Immer samstags fand diese für ihn außergewöhnliche Veranstaltung statt. Aber nur, wenn nicht zu viele Leute am Flohmarkt waren, gingen wir hin. Andernfalls drehte Victor ohne Kommentar um und wir marschierten nach Hause. Victor mochte keine Massenaufläufe. Das Gefühl der Enge ging für ihn gar nicht, hier war er überempfindlich, wie bei Lärm. Alte mechanische Dinge, wie z.B. Uhren, hatten es Victor angetan und von diesen Artikeln gab es natürlich genug. Darum konnte es schon sein, dass wir einige Stunden am Flohmarkt verbrachten. Diese alten Schätze zogen Victor in den Bann. So mancher Standbesitzer erklärte ihm die genaue Funktion. Da wir zu den Stammkunden gehörten, wobei der Begriff *Stammbesucher* besser passen würde, da wir, nebenbei erwähnt, noch nie etwas gekauft hatten, kannten uns die meisten Standbesitzer sehr gut. Die freundliche Art dieser Menschen gefiel Victor, sodass er nur ungern nach Hause ging. Es war schon fast ein Gezerre meinerseits. Ich sagte mehrmals: »Victor, wir müssen nach Hause gehen!« Doch er sagte immer nur: »Ja.« Nach gefühlten hundert *Jas* zerrte ich ihn tatsächlich am Arm nach Hause. Er war wie ein kleines Kind, er sagte: »Ja.« Und gleich beim nächsten Schaustück blieb er wieder stehen. Wenn ich ihn fragte: »Victor, warum sagst du *Ja* und bleibst dann trotzdem wieder stehen?«, antwortete er nur: »Weil das so sein muss!«

Mit mir konnte er es ja machen, jeder andere wäre schon längst weggelaufen.

Bei unserem diesmaligen Besuch am Flohmarkt verlief alles wieder gleich, bis auf eine kleine, und wie sich später herausstellte, entscheidende Änderung.

Stundenlang schlenderten wir durch *Victors Wunderwelt* und ich war wieder kurz davor, ihn am Arm wegzuzerren, doch genau in diesem Moment entdeckte Victor einen neuen Stand. Niemals zuvor war hier ein Stand gewesen, denn wir als Stammbesucher hätten ihn bestimmt entdeckt. Victor war nicht mehr zu halten und er lief direkt zu diesem hin.

Als er dort ankam, sah man vereinzelt Gegenstände liegen, die er sofort unter die Lupe nahm. Absolut uninteressante Gegenstände, dachte ich mir, außerdem sollte man sich wegen des gesamten Aufbaus dieses Standes Gedanken machen. Es knarrte dort und da, eine wirklich wackelige Angelegenheit und ich hoffte, dass dieser Aufenthalt bald ein Ende fand. Doch diese Rechnung hatte ich ohne Victor gemacht. Er sah sich die Gegenstände ganz genau an, als ob dieser alte Kram tatsächlich Wert hätte. Lachhaft! Alte Uhren, teilweise angerostet, ohne auch nur ein bisschen Glanz. Alles

Gerümpel! War nicht irgendwo ein Stand mit Kleidern? Dann hätte auch ich noch mein Glück versuchen können, doch leider blieb es bei einer Wunschvorstellung meinerseits. Hauptsache, Victor hatte seine Freude.

»Was sucht du?« Eine dumpfe, mir völlig unbekannte Stimme, unterbracht die Stille. Ein alter Mann mit grauem Bart, einem alten dunkelbraunen Mantel, einer schwarzen Kappe und einer Brille stand plötzlich da. Wie aus dem Nichts war dieser Typ am anderen Ende des Standes erschienen. Victor hatte ihn gar nicht bemerkt. Ich erschrak, denn sein Aussehen glich dem eines Landstreichers. Dieser Mann beobachtete Victor und redete auf ihn ein. Mich hat er gar nicht wirklich wahrgenommen. Er erkannte bestimmt mein Desinteresse an diesen komischen Gegenständen. Jetzt hatte auch Victor den Mann bemerkt.

»Eigentlich nichts!«, antwortete Victor.

»Ach so, eigentlich nichts. Für *nichts* schaust du meine Ausstellungsstücke aber ziemlich interessiert an, lieber Freund!«

Lieber Freund? Was sollte diese Aussage. Ich spürte Gefahr auf uns zukommen, denn ein Landstreicher mit dieser Wortkombination schien mir sehr verdächtig. Ich konnte mir gut vorstellen, dass dieser Mann ein Rattenfänger war, der fremde Kinder ansprach, sie in einen Käfig sperrte und irgendwo als Sklaven verkaufte. »Victor, wir müssen gehen!«, mit diesen Worten versuchte ich uns zu retten. Doch es blieb beim Versuch, denn Victor hatte anscheinend keine Angst vor diesem Mann, der nun immer näher kam.

»Ich hätte ein ganz besonderes Stück, das wird dir gefallen!«, führte der Mann das Gespräch fort. Genauso ging es auch beim Rattenfänger los. Fehlt nur noch die Blockflöte. Victor, wir müssen verschwinden, dachte ich mir.

Der Mann kramte nun in einer schäbigen Holzkiste und holte ein Prunkstück seiner Sammlung hervor. Eine alte schwarze Schreibmaschine hielt er Victor unter die Nase.

»Diese Schreibmaschine ist einzigartig, sie ist über hundert Jahre alt und voll funktionstüchtig!« So, jetzt hatte der Mann die Aufmerksamkeit von Victor gewonnen. Meiner Meinung nach war es eine stinknormale, ausrangierte, unbrauchbare, unnütze, alte Schreibmaschine, sonst nichts. Aber nicht in Victors Augen. Der Mann stellte die Schreibmaschine auf den Verkaufstisch und spannte ein Blatt Papier ein. Jetzt waren wir dem Untergang geweiht, dachte ich mir, denn Victor starrte wie gebannt auf dieses steinzeitliche Schreibgerät. Ich schaute mich um, ob noch andere Leute in unserer Nähe waren, die unsere Hilferufe bei einer Entführung hören würden. Gott sei Dank, die eine oder andere Person ging vorbei. Gedanklich schrie ich schon zur Probe *HILFE*, denn auf Victor konnte ich nicht zählen, sein Interesse galt unserem zukünftigen Entführer und dessen Teufelsmaschine, die unser jämmerliches Ende bedeuten würde.

»Willst du mal schreiben?«, fragte der unheimliche Alte. Für mich war die Sache klar, Victor würde sein erstes Opfer sein.

»Mach das nicht Victor«, wollte ich schreien, doch meine Stimme blieb stumm. Auch nicht der leiseste Ton kam mir über die Lippen. Victor ging todesmutig auf die Schreibmaschine zu und schrieb meinen Namen *Anne* auf das Papier. Auch das noch, jetzt weiß der Entführer den Namen des zweiten Opfers. Victor musste völlig verrückt sein.

»Ist Anne deine Freundin?«, bohrte der Mann nach. Victor nickte. Klar, erzähl ihm auch noch unsere ganze Geschichte, wo wir wohnen, in welche Schule wir gehen. Das muss er unbedingt wissen, damit er eventuell seine Lösegeldforderung loswerden kann. Gut, bei mir gab es nichts zu holen, aber Victors Vater war ein hoher Beamter im Bundesrechenzentrum und seine Mutter war Professorin für Geschichte und Latein. Wie viel Geld würden Victors Eltern für unser beider Leben ausgeben? Könnte sein Vater diese Lösegeldforderung steuerlich absetzen? Viele Gedanken kreisen in meinem Kopf. Ich konnte es nicht glauben, jetzt schrieb Victor auch noch seinen Namen auf das Blatt. Aus und vorbei, wir haben verloren!

»Anne & Victor, das sind schöne Namen«, kommentierte der Mann Victors *Geschreibe*. Dabei lächelte er. Jetzt hatte er sich verraten. Während des Lächelns blitze ein Goldzahn hervor. Nur Verbrecher können sich in diesen schwierigen Zeiten Goldzähne leisten. Wenigstens wusste ich, welche Investitionen dieser Mann mit dem Erlös aus den Kindersklavenverkäufen und den Lösegeldforderungen tätigte. Victor war von dieser Schreibmaschine begeistert, er strahlte über das ganze Gesicht. Hatte er eine neue Liebe gefunden? Was würde dann mit mir passieren? Eifersüchtig? Auf eine Schreibmaschine? Nein, niemals!

»Gefällt dir die Schreibmaschine?« Eine rein rhetorische Frage des Mannes, denn Victor hatte dieses Ding anscheinend ins Herz geschlossen. Er betrachtete jedes einzelne Teil dieser Schreibmaschine.

»Victor, es ist eine Typenhebelschreibmaschine, das Patent für den Typenhebelmechanismus hat Franz Xaver Wagner 1893 angemeldet. Diese Technik wurde das erste Mal bei einer Schreibmaschine des Herstellers John T. Underwood verwendet.« Dieser Verbrecher dürfte doch nebenberuflich Verkäufer für Schreibmaschinen sein, denn sein Wissen über diese Tippgeräte war außergewöhnlich. Victor war sichtlich fasziniert. Er betätigte die Leertaste bis am Ende der Zeile ein *Pling* ertönte. Dieses Geräusch, welches dem eines Glockenschlags sehr nahekam, gefiel Victor noch mehr. Nun stellte er die Frage, welche aufgrund der Ereignisse kommen musste.

»Wie viel kostet die Schreibmaschine?«

»Nichts, sie kostet nichts«, antwortete der alte Mann. »Diese Schreibmaschine kann man nicht mit Geld bezahlen.«

Genau, sondern mit Kinderleben oder mit dem Verkauf der Kinder an Sklavenhändler, obwohl diese Geschäfte seit Jahrhunderten verboten waren. Mein Gedankenpuzzle schien sich zu vervollständigen.

»Mit dem Besitz dieser Schreibmaschine geht eine besondere Verantwortung einher. Es ist keine gewöhnliche Schreibmaschine. Diese Schreibmaschine hat besondere Fähigkeiten.«

Ja, das waren die Worte eines anscheinend senilen alten Mannes mit einer verbrecherischen Ader.

»Wenn diese Schreibmaschine den richtigen Besitzer findet, dann entwickelt sie besondere Kräfte. Victor, bist du bereit für diese Aufgabe?« Nein, sind wir nicht! Wir müssen jetzt wirklich nach Hause, denn diese Angelegenheit wurde immer sonderbarer. Wenn wir schon nicht unser Leben lassen müssen, dann anscheinend unseren Verstand. Wir sind doch nicht bei Alice im Wunderland. Vielleicht erzählt er uns noch, dass dieses Schreibgerät sprechen kann. Victor, es ist höchste Zeit zu gehen.

»Ja, ich bin bereit«, rief Victor mit Stolz, wie ein Held aus einer alten Sage.

Was? Ich hör wohl nicht richtig! Bereit wofür? Bereit zum Verrücktwerden? Von mir aus, aber ohne mich. Bitte lass diesen Unsinn, Victor! Doch wieder konnte ich diese Worte nicht aussprechen. Hat mich hier irgendjemand auf *stumm* geschaltet? Vielleicht der alte Mann?

»Victor, du kannst mit dieser Schreibmaschine anderen Menschen helfen! Ob und wie gut sie funktioniert, liegt alleine an dir. Sei behutsam und verschwende nicht die Kraft dieser Schreibmaschine!« Gleichzeitig überreichte ihm der alte Mann dieses Gerät. Es glich einer Preisverleihung und Victor wirkte sehr glücklich.

»Danke, ich werde mit der Schreibmaschine vorsichtig sein!«, verkündete Victor in einer Lautstärke, sodass es alle im Umkreis hören konnten.

»Gut so, lieber Freund! Viel Erfolg!« Nach diesen Worten verließen wir den alten Mann und seinen Stand.

»Ist diese Schreibmaschine nicht toll?«

»Ja, Victor, sie ist großartig.« Oh, ich hatte meine Stimme wieder. »Dir ist aber schon klar, dass dieser alte Mann nicht ganz dicht ist, oder?«

»Anne, ich habe den Auftrag erhalten, den Menschen zu helfen.« Weiß ich doch, ich war ja dabei. Hörte mir Victor nicht richtig zu?

»Victor, sei vorsichtig, du weißt doch nicht, was dieser *Steinzeit-Computer* alles auslösen kann!« Victor grinste und wir gingen nach Hause.

Am Montagmorgen beim Treffpunkt Kreuzung, als wir wieder auf dem Weg zur Schule waren und mir Victor meine Verspätung bekanntgegeben hatte, fragte ich ihn: »Hast du die Maschine schon ausprobiert?«

»Nein, das machen wir heute gemeinsam, nach der Schule.«

»Wer? Du und ich?«

»Klar, wer denn sonst?«

Eigentlich wollte ich mit dieser Sache nichts zu tun haben. Diese Begegnung mit dem alten Mann, dieses Tippgerät, all das war mir nicht ganz geheuer. Konnte er das nicht mit seiner Mutter ausprobieren?

»Nach der Schule bei mir zu Hause!«, fügte Victor noch hinzu.

Gut, meine Mutter arbeitete an diesem Tag wieder bei den Hirschmanns und mein Vater würde erst spät am Abend nach Hause kommen, daher hatte ich auch sonst nichts vor.

In der Schule machten wir *Dienst nach Vorschrift*. Vor allem ich, denn ich war einfach nur anwesend.

Meine Mitarbeit reduzierte ich auf ein Minimum, besser gesagt auf null. Nicht so bei Victor, er trug in seinen Lieblingsfächern wieder zu großer Verwunderung seiner Mitschüler und Lehrkräfte bei. So mancher Lehrer konnte einem schon leidtun, wenn Victor sein Wissen zur Schau stellte. Nicht zu vergessen Herr Wolf, der Musikprofessor, der seine Sünden abbüßte, wenn Victor den Brummbären rausließ. So verging der Schultag und ich begleitete Victor nach Hause. Victors Eltern arbeiteten noch, daher holte er etwas zu essen aus der Küche, danach verschwanden wir in seinem Zimmer.

Victors Zimmer glich einem Antiquitätengeschäft mit Kunstwerken aus vergangenen Jahrhunderten. Alte Bilder mit Goldrahmen hingen an der Wand, einen alten Sekretär verwendete Victor als Schreibtisch. Die Bezeichnung *Museum* würde für diese Umgebung besser passen. Nein, es war definitiv nicht mein Geschmack, aber Victor gefiel es. Ich verstand, warum Victor diese alte Schreibmaschine haben wollte, denn sie fügte sich wie das *Tüpfelchen auf dem i* in diesem Raum ein. Wir saßen gespannt vor der Schreibmaschine und Victor spannte ein Blatt Papier ein. Er begann zu tippen - *Anne & Victor* - dieser Schreibversuch hatte bereits am Flohmarkt gut funktioniert. Die Maschine hatte es in tiefschwarzer Farbe Buchstabe für Buchstabe auf das Papier gedruckt. Es war ein schönes Schriftbild. Faszinierend, dass diese alte Schreibmaschine tatsächlich noch funktionierte.

»Wünsch dir was!«, forderte mich Victor auf.

»Was denn?« , erwiderte ich.

»Keine Ahnung! Irgendwas!«

Irgendwas sollte ich mir wünschen. Interessant, grundsätzlich hat man tausend Wünsche, doch wenn es darauf ankommt, fällt einem keiner ein. Nach langem Überlegen sagte ich:

»Eine Tüte mit Gummibärchen.« Victor sah mich fragend an, doch er tippte meinen Wunsch folgsam auf der Tastatur. Nanu? Was war das? Die Schreibmaschine hatte keinen einzigen Buchstaben geschrieben, obwohl Victor die Tastatur betätigte. Wir sahen beide verdutzt auf das Papier.

»Und schon kaputt dieses Ding«, sagte ich mit einer gewissen Genugtuung.

»Grad vorhin hat sie ja noch funktioniert«, dabei hob Victor die Maschine hoch, dann begutachtete er das Farbband und den Typenhebel.

»Ich versteh das nicht«, brachte Victor noch über die Lippen.

»Gut, Gummibärchen waren vielleicht ein schlechter Anfang, probieren wir eine Tafel Schokolade.« Victor tippte brav *eine Tafel Schokolade* auf der Tastatur. Und es war kaum zu glauben, wie von Geisterhand erschien die Tafel Schokolade aus dem Nichts - ein Wunder!

Victor lächelte, denn es stellte sich heraus, dass er in einem Moment meiner Unachtsamkeit die Schokolade aus der kleinen Geheimlade seines Sekretärs hervorgeholt hatte.

»Du Schuft!«, lautete meine Antwort auf dieses Wunder.

»Ach, sieh doch nur, die Schreibmaschine hat wieder nichts geschrieben, daher musste ich etwas nachhelfen.«

Beim Genuss der ersten Schokoladenstücke grübelte Victor über das *Nichtfunktionieren* dieser Schreimaschine. Nach einiger Zeit testeten wir weiter. Doch keinen einzigen Wunsch schrieb die Maschine auf das Papier. Dabei wechselten wir von Süßigkeiten auf Gegenstände aller Art. Regenschirm, Luftmatratze, Schaukelstuhl, Kuckucksuhr, Bleistift, Tintenfass, Holzpantoffel usw. - doch es geschah nichts - rein gar nichts. Kein einziger Buchstabe wurde am Papier angedruckt. Ich wünschte mir sogar, dass es schneien solle. Zugegebenermaßen etwas verwegen, denn wenn die Schreibmaschine diesen Wunsch im Mai erfüllen könnte, wäre es tatsächlich ein Wunder. Auch Regen, den ich grundsätzlich nicht mochte, schien für die Maschine ein unerfüllbarer Wunsch zu sein.

Es vergingen Stunden. Am Anfang fanden wir es noch sehr spannend, aber dann kippte die Stimmung. Bei mir natürlich, nicht bei Victor, ihn ließ das völlig kalt. Er wollte immer noch weitermachen. Unglaublich, welche Ausdauer er hatte. Meine Geduld war längst zu Ende.

»Beharrlichkeit, Anne. Vieles scheitert, weil die Menschen ungeduldig sind. Rom wurde auch nicht an einem Tag erbaut. Gut Ding braucht Weile.«

»Ja, ja, Victor, du mit deinen weisen Sprüchen«, antwortete ich total genervt. »Bring dieses blöde Ding am Samstag zurück auf den Flohmarkt! Mich kannst du vergessen, ich hab keine Lust mehr!«

So verließ ich Victor, der bestimmt noch viele Versuche startete, um dem Geheimnis dieser Schreibmaschine näher zu kommen. Victor bemerkte gar nicht, dass ich aus dem Zimmer verschwand und nach Hause ging. Hatte Victor recht? Wie viel Ausdauer oder *Beharrlichkeit*, wie es Victor nannte, hatte ich tatsächlich? Gebe ich sofort auf, wenn der kleinste Widerstand entsteht? Oder halte ich an meinem Tun und Handeln fest, damit ich tatsächlich mein Ziel erreiche? Hm…gute Frage. Nehmen wir einen Rückschlag, eine Hürde oder einen Stein, welcher uns in den Weg gelegt wird, als Herausforderung an, oder sehen wir alles als unüberwindbares Hindernis? Lassen wir uns dadurch entmutigen, drehen wir enttäuscht um und stellen den eingeschlagenen Weg in Frage? Oder nehmen wir Anlauf, um über die Hürde oder den Stein zu springen, weil wir noch immer von unserem

Schaffen unendlich begeistert sind und uns auf die nächste Herausforderung freuen, um zu beweisen, dass wir die Fähigkeit haben, diese Aufgabe zu meistern. Wir sehen den Sinn in dieser Sache, daher sind wir nicht zu stoppen. Zu dieser Gruppe von Menschen gehört Victor mit Sicherheit. Wenn er von einer Sache begeistert war, konnte man ihn nicht aufhalten. Für ihn galt der Spruch: *Suche dir einen Job, welcher dir Freude macht und dich begeistert, dann wirst du nie mehr im Leben arbeiten.*

Am Samstag gingen Victor und ich wieder zum Flohmarkt. Victors Geduld wurde zu stark auf die Probe gestellt und er entschied, obwohl dies eine absolute Ausnahme darstellte, die Schreibmaschine zurückzubringen. Er konnte das Geheimnis der Maschine nicht lüften und diese sei ganz sicher für jemand anderen bestimmt.

Freundlich begrüßten uns die gut bekannten Standbetreiber und wir gingen ganz nach hinten, Richtung Stand des alten Mannes. Komisch, der Platz war leer. Der Stand des alten Mannes war nicht aufgebaut. Egal, dachte ich mir, wir drücken die Maschine dem nächstbesten Menschen in die Hand und laufen davon. Keine Chance - Victor hielt die Schreibmaschine ganz fest in der Hand, er wollte unbedingt den alten Mann treffen.

»Frag doch die Frau vom Nachbarstand«, forderte ich Victor auf. Immerhin war es doch sein Projekt, seine Schreibmaschine. Er sah etwas verlegen durch die Gegend, in der Hoffnung, dass dieser Mann irgendwo auftauchen würde. Nach einiger Zeit fasste Victor Mut und ging zu der Frau am nächstgelegenen Stand.

»Könnten Sie mir bitte sagen, wo der alte Mann von ihrem Nachbarstand ist?«

»Welcher alte Mann?«, antwortete die Frau mit einer Gegenfrage.

»Letzten Samstag waren wir hier und er hat mir diese Schreibmaschine gegeben«, versuchte Victor zu erklären. Die Frau blickte Victor nur ungläubig an.

Ah, steckt die Frau mit dem Alten unter einer Decke? Vielleicht stimmt meine Theorie mit dem Kindersklavenhandel, dachte ich mir. Der Mann wird bestimmt schon polizeilich gesucht und die Frau hält ihm den Rücken frei, bis Gras über das letzte Verbrechen gewachsen ist. Sie ist sicher sein Alibi für seine Taten und dafür erhält sie einen Teil des Lösegeldes.

»Wie sah der Mann aus?«, fragte die Frau.
Eine rein rhetorische Frage, so wie in vielen Kriminalfällen. Lass uns verschwinden, Victor, wollte ich noch sagen. Doch ich konnte keinen Ton

von mir geben. Ich war schon wieder auf *stumm* geschaltet. Das gibt's doch nicht!

»Ein Mann mit grauem Bart, einem alten dunkelbraunen Mantel, einer schwarzen Kappe und einer Brille«, sagte Victor.

»Tut mir leid mein Junge, neben uns gibt es seit Jahren keinen Stand mehr und diesen Mann kenne ich auch nicht«, erklärte die Frau. Wumms, das hat gesessen. Victor schwieg und ging von der Frau weg. Ich musste mir das Lachen verkneifen.

»Seit Jahren kein Stand - was soll das heißen?« Oh, meine Stimme war wieder verfügbar.

»Ich weiß es auch nicht«, gestand Victor, der noch immer seine Schreibmaschine in der Hand hielt. »Wir waren doch vorigen Samstag hier. Die haben doch alle einen Schatten.« Andere Worte fielen mir nicht ein.

»Was machen wir jetzt, Anne?«

»Lass dieses Ding hier«, ich deutete auf die Schreibmaschine, »und wir schauen, dass wir Land gewinnen, bevor wir hier noch verrückt werden!«

»Auf keinen Fall. Der Mann hat mir diese Schreibmaschine mit besonderen Fähigkeiten anvertraut. Ich darf sie nicht einfach weggeben.«

»Ja genau, Victor. Ein Mann, der vielleicht gar nicht existiert, hat dir diese Schreibmaschine gegeben. Besondere Fähigkeiten - dass ich nicht lache. Diese Maschine kann rein gar nichts.

Ich verlange doch nichts Außergewöhnliches von einer Schreibmaschine, wenigstens normal Schreiben sollte doch möglich sein.«

»Sie ist außergewöhnlich«, entgegnete Victor. »Diese Schreibmaschine prüft mich, ob ich tatsächlich bereit bin, meine Aufgabe anzunehmen.« Und dann wären wir wieder beim Thema Beharrlichkeit.

Hätte ich bloß nichts gesagt. In dieser Angelegenheit konnte ich nur verlieren. Schließlich ging es ja um das Heiligtum - Victors ach so tolle Schreibmaschine. Er begann sein rechtes Handgelenk zu drehen. Das kannte ich schon, gleich würde *es* losgehen. In der Tat, Victor legte ein ungewöhnlich hohes Schritttempo vor, doch ich konnte mithalten. Anscheinend wollte er schnellstmöglich diesen Flohmarkt verlassen, um seine Aufgabe, welche das auch immer war, zu starten. Kein einziges Wort sagte er auf dieser Schreibmaschinen-Pilgertour, bis wir bei Victors Haus ankamen. »Ich werde einen neuen Versuch starten!« Nichts anderes hatte ich erwartet. »Ohne mich, Victor, ich hab wirklich keine Lust. Wir treffen uns wieder in der Schule.« Nach diesen Worten ging ich nach Hause.

Am Dienstag - Montag war schulfrei - begrüßte mich Victor an unserer berühmten Kreuzung:

»Hallo, Anne!«

»Hallo, Victor! Na, du großer Zauberer mit der weltberühmten Schreibmaschine. Hast du ihr schon Kunststücke beigebracht?«

»Nein, es hat nichts funktioniert.«

»Das darf noch nicht wahr sein. So ein Unglück. Ich kann es nicht fassen.« Ich glaube, Victor fühlte sich etwas veräppelt. Die nächsten zehn Schritte sprach Victor kein Wort. Doch dann legte er los.

»Aber…«

»Was aber?« Manchmal musste ich Victor alles aus der Nase ziehen.

»Aber…«, mehr kam von Victor nicht.

»Mach es nicht so spannend, Victor. Was aber…?«

»Aber ich höre hin und wieder dieses *Pling* der Schreibmaschine. Dieses *Pling* hört man am Ende einer geschriebenen Zeile.«

»Toll, das macht sie ganz von alleine. Wahnsinn!«, ich musste Victor auf den Arm nehmen. Es war doch klar, dass am Ende einer Zeile dieses *Pling* kommt. Das macht jede Schreibmaschine, auch ohne besondere Fähigkeiten.

»Das *Pling* kommt aber, ohne dass ich auf der Maschine schreibe!«

»Victor, du willst mir ernsthaft sagen, dass die Schreibmaschine wie aus heiterem Himmel *Pling* macht? Ohne, dass du auch nur einen Finger krümmst? Ohne, dass du die Tastatur berührst?«

Es kam nur ein kurzes: »Ja.«

»Macht sie das am Tag oder in der Nacht?« Die Frage war rhetorisch, aber in der Nacht könnte das *Pling* vom aus dem Käfig entflohenen Hamster ausgelöst werden.

»Am Tag und in der Nacht.« Diese Antwort erleichterte meine Ermittlungen keineswegs. Doch der Hamster war und blieb hauptverdächtig.

»Victor, Victor, ich mache mir wirklich Sorgen um dich!«

»Du glaubst mir nicht?« Natürlich glaubte ich ihm nicht. Welchen Einfluss hatten der alte Mann und seine Schreibmaschine auf Victor genommen? War das der Plan dieser verbrecherischen Bande? All jene, die jemals mit der Schreibmaschine in Berührung kommen, werden verrückt. Ein Voodoo-Zauber der besonderen Art. So soll es geschehen, von nun an bis in Ewigkeit, sprach der als alter Mann verkleidete Voodoo-Zauberer und berührte mit einer Hühnerkralle die Tastatur dieser Teufelsmaschine. Mein Gott, meine Gedanken führten wirklich zu weit. Ich musste doch Victor helfen. »Nach der Schule *hören* wir uns die Schreibmaschine an.«
So lautete mein Angebot an Victor, damit er beruhigt die Schule betreten konnte.

An diesem Tag erhielten wir die Nachricht, dass unsere Lieblingsprofessorin, Frau Julia, erkrankt sei. Die Diagnose lautete Lungenentzündung und es würde länger dauern, bis sie wieder unterrichten könne. Sehr traurig, dachte ich mir. Auch Victor, der seine Gefühle nicht so zeigen konnte, wirkte plötzlich etwas bedrückt. Als wäre das nicht genug gewesen, stand auch noch Sportunterricht auf dem Programm. Wenn es einen noch *unbegnadeteren* Sportler als mich gab, dann war dies Victor. Victor hatte mit Sport gar nichts am Hut. Er fand keinen Sinn im Laufen. Wenn er gehen würde, käme er auch ans Ziel und hätte dabei noch die Möglichkeit, die wunderschöne Gegend zu betrachten. All die unglaublich schönen Wiesen, Lavendelfelder, Bäume und Gebäude müsste man doch eines Blickes würdigen. Entschleunigung heißt der angesagte Trend.

Diesen Zugang kannte unser Sportprofessor, Herr Hart, *Name war Programm*, nicht. Er stand wie ein Adonis in Sportbekleidung vor den Schülern und erklärte mit einem Lächeln, dass heute alle Klimmzüge trainieren würden.

Es dauerte keine drei Sekunden bis Mr. Hart & Unbarmherzig vor dem Reck stand, mit einem Sprung die Stange ergriff und Klimmzüge vorzeigte. Dabei zählte er auch noch mit. Mein Gott, das wird heute wieder eine Niederlage! Ich glaube, Victor hatte auch seine Bedenken in Sachen Klimmzüge. Jungs und Mädchen wurden in Gruppen getrennt und das Martyrium á la Hart konnte beginnen. Mit der

Aussage: »Bin gespannt, wie viele Klimmzüge ihr zusammenbringt!«, läutete Professor Hart den sportlichen Untergang ein. Laut Herrn Hart gab es nur *ganze* Klimmzüge, man musste sich wirklich *ganz hinaufziehen*. *Halbe* Klimmzüge wurden nicht gewertet. Die Jungs aus der Fußballmannschaft und die Mädchen aus der Volleyballgruppe machten eine gute Figur. Sie schafften tatsächlich einige Klimmzüge. Bravo! Großartig! Nun kam auch unser Freund Victor an die Reihe. Beim letzten Mal war er schon daran gescheitert, mit einem Sprung die Reckstange zu erwischen, was er dieses Mal bravourös meisterte. Ja, und was kam dann? Ich würde sagen… lange nichts. Victor hing *wie Wäsche auf der Leine*. Das Gekicher der Mitschüler und Mitschülerinnen ließ nicht lange auf sich warten.

»Du kannst schon anfangen, Victor«, sagte Mr. Bein-Hart mit einem Grinsen. Was sollte Victor können? Einen Klimmzug? Ja, und wie auf Befehl machte Victor einen Klimmzug. Er zog sich ganz nach oben, fast mit einem Lächeln. Dann folgte noch ein Klimmzug, wieder ganz nach oben. Unglaublich! Ein weiterer folgte und noch einer. Zehn, elf, zwölf… ab zwanzig zählten alle Mitschüler laut mit. Victor machte Klimmzüge, als gäbe es kein Morgen. Professor Hart konnte es kaum fassen, die ganze Halle tobte. Der Rektor kam in die Turnhalle, um diesem Schauspiel beizuwohnen. So etwas hatte es noch nie gegeben. Der ganze Lehrkörper wollte diesen historischen Moment auf keinen Fall versäumen. Nach diesem einzigartigen Rekord an Klimmzügen erhielt Victor einen Pokal und das Ehrendoktorat der Hart-Fitness-Akademie. Stopp - meine Fantasie ging mit mir durch. Victor hing unverändert minutenlang *wie Wäsche auf der Leine.*

»Rumhängen ist heute nicht«, mit diesen Worten gab Professor Hart das Zeichen, dass Victor loslassen sollte. Das machte er dann auch. Also, dieser Abgang vom Reck sah doch recht athletisch aus. Das Ergebnis des Klimmzüge-Wettbewerbs lautete: Professor Hart 25 / Victor 0.

Victor ertrug diese Situationen mit Humor. Ich hatte das Gefühl, dass er Freude daran hatte, die Klassenkameraden auf seine Art und Weise zu unterhalten. In solchen Situationen grinste er schelmisch. Victor lebte seine komödiantische Seite bei solchen Anlässen aus. Charlie Chaplin wäre bestimmt stolz auf ihn gewesen.

Um auf das Thema Laufen zurückzukommen: Es gibt eine Geschichte über Victor - da kam er tatsächlich ins Laufen. Plötzlich und unerwartet formierte sich sogar ein grenzgenialer Staffellauf…Von weitem hörte Victor einen komischen Lärm, der immer lauter wurde, je näher er seinem Elternhaus kam. Er bog um die Ecke und sah, wie ein Schäferhund einen Postboten, welcher auf einem Moped fuhr, jagte. Der Schäferhund bellte in der Lautstärke eines Düsenjets und dürfte auf den gelben Sturzhelm und das gelbe T-Shirt des Postboten, in Kombination mit dem *Mopedlärm*, allergisch reagiert haben. Der Postbote fühlte sich bedroht und beschleunigte das Moped, das natürlich keine Rennmaschine war, auf *Teufel komm raus*. Victor, der diese Situation sofort erkannte, der Angst vor lauten Mopeds und vor Schäferhunden hatte, drehte sich in Sekundenschnelle um und begann zu rennen.

Der Staffellauf startete wie folgt: Victor vor dem todesmutigen, *mopedisierten* Postboten, verfolgt vom wildgewordenen, zähnefletschenden und *gelbsehenden* Schäferhund. Irgendwie hatte bei diesem einzigartigen Sportereignis jeder Angst. Victor hatte Angst vor dem lärmenden Moped und dem bellenden Schäferhund. Der Postbote fürchtete sich vor dem Schäferhund und der Schäferhund hatte Angst, dass ihm der Postbote entwischen könnte. Diese sportliche Betätigung hätte unser Professor, Herr Hart, sehen sollen. Victor sprintete wie ein Weltmeister. Die Aktion ging gut zu Ende.
Victor flüchtete nach einem Weltklasse-Sprint in einen Garten der Nachbarhäuser. Der Postbote gab dem Moped mächtig *die Sporen*, sodass es doch noch auf Touren kam und den Hund abhängte. Der vierte Teilnehmer dieses Staffellaufs dürfte den Start

verschlafen haben. Es war das *leicht* übergewichtige, mit einem etwas zu klein geratenen, ärmellosen weißen Ripp-Unterleibchen, kurzer Hose und Crocs Pantoletten bekleidete Herrchen, welches mindestens so hechelte wie sein Schäferhund. Dieser schweißgebadete, wie eine Dampflok schnaufende sogenannte Schlussläufer mit der Hundeleine legte einen unglaublichen Kraftakt hin, bis er den Hund in Gewahrsam nehmen konnte. Vermutlich hatte der Schäferhund, aufgrund des Erscheinungsbildes seines Herrchens, Mitleid, er ließ sich die Leine widerstandslos anlegen. Ein fantastisches Rennen, die Leistung der Teilnehmer war olympiareif!

Nach der Schule schlenderten Victor und ich zum Haus seiner Eltern. Wie vereinbart mussten wir die Ermittlungen in der Sache *Unkontrollierbares-Pling-der-Schreibmaschine* aufnehmen. Bis zu diesem Zeitpunkt war ich der festen Überzeugung, dass dieses *Pling* nur in Victors Fantasie stattfand. Wir stiegen die schmalen und knarrenden Holzstufen hinauf zu Victors Zimmer. Da stand sie, diese eigenwillige Apparatur, direkt auf Victors Sekretär aus Eichenholz. Hauptverdächtig war, und ich blieb dabei, Victors Hamster. Geistig verhörte ich den Hamster, den ich natürlich um diese Zeit aufwecken musste. Er krabbelte zum Käfiggitter.

»*Nun Angeklagter, was haben Sie zu Ihrer Verteidigung zu sagen? Wo waren Sie in der besagten Tatnacht? Haben Sie unerlaubterweise den Käfig verlassen und sind Sie auf der Tastatur dieser Schreibmaschine des Herstellers John T. Underwood wie ein Irrer hin und her gelaufen, bis es Pling gemacht hat? Es gab auch eine Wiederholungstat am helllichten Tag, dies ist an Dreistigkeit nicht zu überbieten.*« Der Hamster verstand die Welt nicht mehr, er sah mich unschuldig an. Aber diesen Trick kennen wir Kriminalermittler. Einfach dumm stellen. Ich ließ nicht locker. »*Es sieht nicht gut für Sie aus, die DNA-Probe wurde genommen, das Ergebnis wird in Kürze eintreffen, dann können wir Sie dieser Straftat nach § 0815, Absatz 4711, überführen.*« Doch der Hamster schwieg, er gähnte sogar. So ein ausgekochtes Schlitzohr. »*Gut, wenn das so ist, werden Sie weiter in dieser Zelle bei Wasser und Brot ausharren, bis Sie zur Einsicht gelangen.*«

Für dieses Mal habe ich das Verhör abgebrochen, aber meine Zeit wird noch kommen Bürschchen. Mit einem Psychoblick verabschiedete ich mich vom Hauptatverdächtigen der Zelle Nummer Eins.

Nach meiner kriminalistischen Höchstleistung dauerte es keine zwei Minuten, dann begrüßte uns die Schreibmaschine mit einem *Pling*. Ich warf einen vorwurfsvollen Blick in Richtung Hamsterkäfig, doch der Häftling und Hauptverdächtigte dieses Kriminalfalls schlief gemütlich. Um mich abzulenken, kramte ich in meinem Rucksack und tat so, als ob ich es nicht gehört hätte. Noch bevor mich Victor damit konfrontieren konnte, kam schon das zweite *Pling*. Ignorieren war zwecklos, denn Victor wies mich höflich darauf hin.

»Hörst du das, Anne?«

»Ja.« Was sollte ich sagen? Es überstieg alle Erwartungen, eine vernünftige Erklärung fiel mir auch nicht ein, denn niemand betätigte die Tastatur, auch nicht der Sträfling in Zelle Nummer Eins, Monsieur Hamster.

»Was sagst du, Anne?«

»*Pling*«, sagte ich lächelnd, zeitgleich mit einem weiteren *Pling* der Schreibmaschine. Jetzt wurde es unheimlich.

»Spricht dieses Ding mit mir?« Aber Victor stellte gleich klar:

»Ich würde es nicht sprechen nennen. Aufbau einer Kommunikationsverbindung trifft es eher.«

»Na, dann bin ich ja beruhigt.« *Pling*, die Kommunikation wurde fortgeführt.

»Nimm den Akku raus!« Das musste ich Victor mit einem Grinsen noch um die Ohren werfen.

Aber Victor ignorierte meine unklassifizierte Aussage und meinte:

»Denke nach, Anne, welchen Wunsch können wir schreiben? Was wünschen wir uns?«

Stille erfüllte den Raum. Was haben wir nicht schon alles versucht. Plötzlich hatte Victor eine Idee. »Wir wünschen uns, dass unsere Professorin, Frau Julia, wieder gesund wird.«

»Victor, ich glaube nicht, dass dieser Wunsch funktioniert.« Aber Victor schrieb bereits. Man hörte das *Klack*, *Klack* der Typenhebel, die auf das Farbband Richtung Papier donnerten. Gut, dieses Geräusch war uns bekannt, aber Betätigen der Tastatur hieß noch lange nicht, dass auch wirklich etwas auf dem Papier stand. Victors Grinsen breitete sich von einem bis zum anderen Ohr aus. Das schien mir höchst verdächtig und ich blickte auf das Papier. Ich konnte es nicht glauben, es stand in schwarzen fetten Buchstaben - *Unsere Professorin, Frau Julia, soll wieder gesund werden* - auf dem Papier. Erstaunlich, dachte ich mir.

»Siehst du, Anne, ich hab's immer gesagt, sie funktioniert.« Natürlich konnte ich es sehen, man konnte es kaum übersehen, diese eine Zeile auf einem weißen A4-Blatt.

»O.K., Victor, geschrieben hat die Maschine, aber wir werden sehen, ob dieser Wunsch in Erfüllung geht.« Während ich mit Victor sprach, hörte ich kein einziges Mal *Pling*. Machte die Schreibmaschine dieses *Pling* nur, wenn sie bereit für einen Wunsch war? Victor betrachtete das Werk der Schreibmaschine. Er war so fasziniert, dass er die *plinglose* Zeit gar nicht bemerkte.

»Wir werden morgen in der Schule sehen, ob es funktioniert«, erklang Victors Antwort. Ich verließ das Zimmer und dachte gespannt an den morgigen Schultag. »*Diesmal bist du noch davongekommen Freundchen, aber ich behalte dich im Auge*«, lautete meine Abschiedsbotschaft an den kriminellen Hamster.

Am nächsten Tag saßen wir in der Klasse. Professor Wolf, der Vertretungslehrer, betrat das Klassenzimmer. War wohl nichts, dachte ich mir, und ich vermutete, Victor hatte denselben Gedanken. Und dann sagte Herr Wolf: »Eure Professorin, Frau Julia, wird in einer halben Stunde kommen. Sie ist wieder gesund.«

Donnerwetter! Victor und ich gaben uns gedanklich *High Five* und freuten uns sehr. Exakt dreißig Minuten später kam Frau Professor Julia quietschfidel in den Raum. Alle freuten sich, dass sie tatsächlich wieder gesund war. Sie erklärte uns, dass die Ärzte eine Lungenentzündung diagnostiziert hatten und gestern am frühen Nachmittag war sie plötzlich auf einen Schlag gesund geworden. Bei der heutigen Kontrolle konnten die Ärzte keine Erkrankung mehr feststellen. Sie fanden jedoch keine

Erklärung für diese spontane Gesundung. Frau Professor Julia, der es, ihrer Erzählung nach, einige Tage sehr schlecht gegangen war, hatte sogar Freudentränen in den Augen.

Victor grinste. Wir wussten ganz genau, warum es zu dieser Heilung gekommen war. Es blieb unser Geheimnis. Erst jetzt erkannten wir, welche Freude wir selbst empfanden, als uns Frau Professor Julia von ihrer Gesundung erzählte. Unser Herz war voller Freude. Ein unglaublich schönes Gefühl. Wir sahen den Sinn dieser Handlung. Gut, dass Victor so hartnäckig gewesen war und die Schreibmaschine behalten hatte.

Trotz des positiven Erlebnisses kamen am Nachmittag dieses Tages Bedenken hoch. Was wäre, wenn diese Schreibmaschine in falsche Hände geraten würde? Wenn jemand die Fähigkeit dieser Schreibmaschine missbrauchte? Wir wussten nicht, ob diese Maschine auch negative Wünsche erfüllen würde. Mein Gott, welche Macht hatten wir mit diesem Gerät übernommen. Der alte Mann hatte recht, dass mit dem Besitz dieser Schreibmaschine eine große Verantwortung einher geht. Ab diesem Zeitpunkt sperrte Victor die Schreibmaschine in die Lade des Sekretärs ein. Sicher ist sicher. Und wer weiß, was so ein Hamster für Wünsche hätte? Wir sprachen mit niemandem über diese Geschehnisse. Victor und ich beschlossen, am nächsten Tag zu unserem Pfarrer, Pater Pierre, zu gehen und ihn über dieses Ereignis zu informieren. Pater Pierre, ein sehr freundlicher Mensch, hatte immer ein offenes Ohr für seine Schäfchen. Ehrlicherweise muss ich sagen, dass ich vor Pater Pierre Respekt hatte. Er unterrichtete Religion an unserer Schule und seine Tests waren gefürchtet. Natürlich begleitete ich Victor zu Pater Pierre, aber ich nahm mir ganz fest vor, die Konversation den beiden Männern zu überlassen. Victor transportierte die Schreibmaschine ab sofort in einem schwarzen neutralen Lederkoffer, um kein Aufsehen zu erregen. Man konnte nicht wissen, wer noch Interesse an diesem Wunderding hatte. Zirka zehn Minuten dauerte unsere Wanderschaft zu Pater Pierre. Leise betraten wir die Kirche, bekreuzigten uns mit Weihwasser und beugten unser Knie, wie es uns beigebracht worden war. Pater Pierre dürfte das Kirchentor gehört haben und kam uns schon mit einem freundlichen Lächeln entgegen.

»Ich freue mich über den Besuch.« Victor musste den Dialog führen, denn er wusste, ich würde nicht mit Pater Pierre sprechen.

»Grüß Gott, Pater Pierre«, sagte Victor etwas kleinlaut.

»Victor, was hast du mir da Schönes mitgebracht?« Pater Pierre deutete auf den schwarzen Lederkoffer. Victor platzierte den Koffer auf dem kleinen Tischchen neben dem Opferstock und öffnete den Deckel mit den Worten:

»Eine alte Schreibmaschine.«

»Das ist aber ein schönes Stück!« Pater Pierre hatte offensichtlich Freude am Anblick dieses historischen Gerätes. »Eine John T. Underwood-Schreibmaschine, die muss schon ziemlich alt sein.«

»Über hundert Jahre«, erklärte Victor.

»Funktioniert sie noch?«, fragte Pater Pierre. Victor war gegenüber Pater Pierre auch nicht sehr gesprächig, daher lautete die kurze Antwort: »Ja.«

»Großartig, darf ich die Schreibmaschine ausprobieren? Ich habe noch nie auf einer so alten Schreibmaschine geschrieben.« Pater Pierre wollte gleich loslegen und ein Blatt Papier, welches im Seitenfach des Koffers lag, einspannen.

»Achtung, Pater Pierre, es ist keine gewöhnliche Schreibmaschine!«

»Das sehe ich, Victor, es ist eine Rarität und noch dazu voll funktionstüchtig. Ich werde aufpassen.«

Ich beobachtete, dass Victor nervös wurde. Er begann sein rechtes Handgelenk zu drehen und ich stellte mich schon auf eine fluchtartige Evakuierung ein. Pater Pierre kannte Victor schon einige Jahre und auch er bemerkte, dass Victor nervös wurde und redete nun mit sanfter Stimme.

»O.K., Victor, ganz ruhig. Ich werde nicht auf der Schreibmaschine schreiben. Sag mir, woher du diese Maschine hast.« Die Lage entspannte sich.

»Ein alter Mann hat mir diese Schreibmaschine am Flohmarkt in der Stadt geschenkt.«

»Tatsächlich? Es ist ein Geschenk vom Flohmarkt? Das ist aber sehr außergewöhnlich«, antwortete der Pater.

»Glauben Sie mir nicht, Pater?«

»Doch, doch Victor, ich glaube dir.«

»Der alte Mann hat gesagt, dass diese Schreibmaschine besondere Fähigkeiten hat. Und ich habe sie ausprobiert.«

»Und was ist dann geschehen, Victor?«

»Ich schrieb auf der Schreibmaschine, dass unsere Professorin, Frau Julia, gesund werden soll. Und sie wurde gesund.«

»Ja, ich habe davon gehört. Es war das Gesprächsthema Nummer Eins in der Schule. Und ich muss sagen, ich war über diese spontane Genesung auch überrascht.«

»Glauben Sie an Wunder, Pater?« Pater Pierre lächelte.

»Das bringt mein Beruf so mit sich. Victor, du kennst doch das Leben von Jesus Christus.«

»Ja, Pater«, antwortete Victor. Er sah Pater Pierre fragend an, als wollte er ihm sagen: »Was hat Jesus mit der Schreibmaschine zu tun?«

»Sieh auf das große Bild neben dem Altar. Hier siehst du Jesus tot am Kreuz. Neben ihm seine Mutter Maria. Am dritten Tag ist Jesus von den Toten auferstanden. Es war ein Wunder und der Wille Gottes.«

»Pater, ich kenne die Auferstehung Jesu Christi, aber das war vor über zweitausend Jahren.«

»Du hast recht, Victor, es war vor über zweitausend Jahren. Glaubst du, dass es nur dieses eine große Wunder gab? Oder glaubst du, dass es auch heute noch Wunder gibt?«

Mein Gott war ich froh, dass Victor diese Frage gestellt bekommen hat. Ich wusste, Victor war in Sachen Religion sattelfest. Er las auch regelmäßig in der Bibel, freiwillig wohlgemerkt. Ich erwartete von Victor eine Antwort, die sich gewaschen hatte, denn immerhin könnte er wichtige Bibelstellen zitieren und Pater Pierre auf die Probe stellen. Es kam anders als erwartet.

»Ich weiß es nicht.« Victors Standardantwort - nicht gerade das Gelbe vom Ei. Steht davon nichts in der Bibel? Zum Beispiel: Gibt es Wunder? Ja, nein oder vielleicht.

»Und bei Frau Professor Julia, was war das, Victor?«

»Ein Wunder, Pater.«

»Siehst du, Victor, es gibt auch heute noch Wunder. Frau Professor Julia hatte eine schwere

Lungenentzündung und plötzlich war sie gesund. Die Ärzte reden von einer spontanen Genesung, und sie haben recht. Ein Heilpraktiker spricht vielleicht von einer Spontanheilung, wir Christen sprechen von einem Wunder. Ist doch großartig! Entscheidend ist, was ich glaube. Kennst du das Sprichwort: *Der Glaube versetzt Berge*?« Victor nickte.

»Wenn du daran glaubst, Victor, dann kann es auch heute noch Wunder geben. Ganz bestimmt. In Wirklichkeit gibt es doch jeden Tag ein Wunder. Ist es nicht ein Wunder, dass die tiefschwarze Nacht am Morgen durch den ersten Sonnenstrahl durchbrochen wird und ein neuer Tag beginnt? Das Leben selbst ist ein Wunder. Wir Menschen sind die Schöpfung Gottes, sind nicht auch wir ein Wunder? Victor, du bist ein Wunder. Wir alle sind ein Wunder. Du siehst also, wir sind von Wundern umgeben, wir müssen nur die Augen öffnen und es sehen.« Nach dieser Ausführung musste Victor seine Gedanken ordnen.

»Was ist dann mit der Schreibmaschine, Pater?« Pater Pierre überlegte kurz.

»Vielleicht ist die Schreibmaschine dein Erfüllungsgehilfe. So, wie die Engel für Jesus Christus, die ihn in den Himmel geleitet haben. Der geschriebene Wunsch auf dem Blatt Papier ist wie eine Fürbitte in der heiligen Messe, die du an Jesus herantragen kannst. Wenn du aus tiefstem Herzen daran glaubst, wird es geschehen.« Trotz dieser

Worte von Pater Pierre kam bei Victor das Gefühl der Unsicherheit hoch. Es dauerte einen Moment, bis er die nächste Frage stellte.

»Wie weiß ich denn, ob ich das Richtige tue?«

»Victor, wie hast du dich gefühlt, als eure Professorin, Frau Julia, wieder gesund war?«

»Ich war glücklich.« Obwohl sich Victor mit Gefühlen sehr schwertat, konnte er sich an diesen glücklichen Moment erinnern.

»Ja, Victor, du hast mit deinem Handeln dich und andere glücklich gemacht. Du hast bestimmt dieses großartige Gefühl der Freude gespürt, obwohl dein Nutzen nicht im Vordergrund gestanden ist. Genau dieses Gefühl haben die vielen hunderttausend freiwilligen Helfer bei der Rettung, bei der Feuerwehr usw. Sie arbeiten freiwillig und unentgeltlich, also ohne Bezahlung. Nach getaner Hilfeleistung ist ihr Herz voller Freude. Sie haben den Menschen in einer Notsituation geholfen und ihr Lohn ist im besten Fall ein ausgesprochenes *Danke* dieser Person. Das Zauberwort *Danke* einer geretteten Person beschreibt alles. Danke, dass ihr mir geholfen habt. Danke, dass ihr für mich da gewesen seid. Danke, dass ihr mich aus dieser Notlage befreit habt. Danke, dass ihr mir Mut zugesprochen habt. Danke, dass ich noch am Leben bin. Victor, es kommt gar nicht auf die *Größe* der Hilfeleistung an. Es geht nicht immer gleich um

Leben und Tod. Oft genügt nur ein kleines aufmunterndes Wort, damit es einem Menschen wieder besser geht. Vielleicht muss auch nicht gesprochen werden. Zuhören - ein offenes Ohr für die Sorgen eines Mitmenschen haben und ihm das Gefühl geben, dass seine Worte nicht vergebens sind, sondern dass jeder gesprochene Satz gehört wird. In gewissen Situationen findet man möglichweise nur sehr schwer die richtigen Worte. Da genügt es, einfach nur anwesend zu sein. Die traurige Person sieht, dass jemand da ist und die Hand hält. Jedes Wort wäre womöglich überflüssig. Es ist eine lautlose Kommunikation der Herzen. Man könnte sagen, ein empathischer Austausch von positiven Energieschwingungen. Die Botschaft lautet: Du bist nicht allein! So wie uns Jesus nicht alleine lässt, so können auch wir für andere da sein. All das und noch vieles mehr gehört zur Nächstenliebe. Du siehst, Victor, du kannst auch mit kleinen Dingen großes vollbringen. Und noch dazu schaffst du dir ein positives Gefühl. Du brauchst dir keine Sorgen zu machen, solche wunderbaren Taten können nie falsch sein. Glaube mir!«

Es kehrte etwas Ruhe in der Kirche ein und ein letzter Sonnenstrahl schien durch das bunte Glasfenster des Seitenschiffes herein. Ein magischer Moment. Als ob es ein Zeichen des Himmels wäre? Ein Lichtstrahl, der uns den Weg weist und die

Worte von Pater Pierre unterstreichen möchte. Dieses vollkommene, schöne bunte Licht zog alle Blicke auf sich, sogar Pater Pierre konnte seine Augen nicht abwenden. Wie ein meisterhaftes Gemälde, welches Pinselstrich für Pinselstrich aufgetragen worden war, ohne Fehler, ohne jeden Makel - Schönheit in Perfektion. Ja, Gott muss auch ein himmlischer Maler sein. Victors Begeisterungsfähigkeit hielt sich grundsätzlich in Grenzen, doch bei diesem Anblick glänzten seine Augen. Bis dann doch wieder Victors Zweifel hochkamen.

»Aber Pater, was passiert, wenn diese Schreibmaschine in die falschen Hände gerät und sich jemand etwas Böses wünscht?«

»Hab Vertrauen Victor, vertraue auf Jesus. Du wirst sehen, er führt dich, es kann nichts passieren.«

»Pater, ich würde die Maschine gerne bei Ihnen lassen, da wäre sie besser aufgehoben.«

»Nein, Victor. Es ist deine Schreibmaschine und sie ist in guten Händen bei dir.«

»Danke, Pater Pierre«, sagte Victor ganz leise. Pater Pierre gab seinen Segen, verabschiedete sich und ging in die Sakristei, um Vorbereitungen für die Abendmesse zu treffen. Victor packte die Schreibmaschine wieder ein und wir blieben noch, um die Abendmesse mitzufeiern. Für mich war das Ganze doch ein bisschen verwirrend. Victor saß ganz ruhig und entspannt auf der Kirchenbank. Gut, mit einem ohrenbetäubenden Lärm von Orchester und Orgel war heute bei der Abendmesse nicht zu rechnen. Werktags gab es keine Musik, nur Gesang von den Besuchern. Fazit: Aufgrund der Aussage von Pater Pierre ist das Gefahrenpotenzial dieser Schreibmaschine eher gering bis gar nicht vorhanden. Victor hatte ab jetzt eine Mission und eine Botschaft: Hilf den Menschen, dann hilfst du auch dir! Er musste auf die Maschine aufpassen, sie immer sicher verwahren und nur bei Bedarf herausholen. Gab es bei dieser Schreibmaschine vielleicht einen Beipackzettel? Wie bei Medikamenten: *Zu Risiken und Nebenwirkungen lesen Sie die Packungsbeilage oder fragen Sie Victor bzw. Pater Pierre.*

Nach der Abendmesse trennten sich unsere Wege. Victor nahm gleich die nächste Seitengasse in Richtung nach Hause und ich schlenderte im Licht der Straßenlaternen noch der Allee entlang, bis ich schon von Ferne die Wohnhaussiedlung mit vereinzelt erleuchteten Fenstern sehen konnte. Oh, auch in unserer Wohnung konnte ich ein Licht entdecken. Gott sei Dank - diesmal kein Stromausfall aufgrund von unbezahlten Rechnungen. Mama begrüßte mich ganz herzlich. Sie kochte ein köstliches Abendessen. Meine Mutter war eine ausgezeichnete Köchin. Sie hatte von den Hirschmanns etwas Schinken und Eier bekommen und verwandelte diese Zutaten in Schinken-Omeletten. Köstlich! So ein Festtagsmenü gab es normalerweise nur an besonderen Tagen und nicht werktags. Mir war es recht. Ich aß, als hätte ich seit Wochen nichts mehr gegessen. Dem grünen Salat, den meine Mutter auf den Tisch gestellt hatte, schenkte ich keine Aufmerksamkeit. Volle Konzentration auf die wunderbar duftenden Omeletten! Bei jedem Bissen dachte ich mir, möge dieses Festmahl niemals enden und die Omeletten meine ständigen Begleiter sein.

»Schmatz nicht so!«, unterbrach meine Mutter diesen schönen Gedankenlauf.

»Ich?«

»Wer denn sonst, Anne? Siehst du noch jemanden in diesem Raum?« Ich grinste meine Mutter an und es könnte durchaus möglich gewesen sein, dass so ein verbotenes Geräusch aus meiner Richtung kam. »Vorzüglich, ein Lob an die Köchin!«, diese Bewertung musste ich loswerden.

»Dankeschön, gnädiges Fräulein!« Dabei machte meine Mutter einen kleinen Knicks. Meine Mutter hatte Humor und hin und wieder lachte sie so laut, dass man sie bestimmt bei den Nachbarn hören konnte. Diese heitere, fröhliche Stimmung änderte sich schlagartig, als mein Vater vom *Bergwerk*, wie er seine Arbeitsstelle bezeichnete, nach Hause kam. Seine Stimme hörte man schon von Weitem. Mit Stufe 3 konnte man die Lage heute am besten beschreiben. Sein Vorgesetzter, Herr Herrlich, musste es wohl wieder sehr bunt getrieben haben.

»Eines Tages, …wenn ich ihn alleine erwische, …dann kann ich für nichts garantieren…« Mein Vater meinte bestimmt Herrn Herrlich und aufgrund der Lautstärke konnte man ihn schon im Treppenhaus poltern hören. Höchste Zeit zu verschwinden! Ich steckte noch ein großes Stück Omelette in den Mund und startete die Flucht in mein Zimmer. Zu spät. Zwei Schritte vor meinem Zimmer ging die Tür unserer Wohnung auf und Papa stand vor mir. Schmutzig, alkoholisiert, wütend und mit einem bösen Blick. Unsere Blicke trafen sich.

»Guten Abend, Papa«, sagte ich aus der Not heraus. Er starrte mich an, als würde er einen Geist sehen und ließ seinem Ärger freien Lauf.

»Was soll an diesem Abend gut sein? Der ganze Tag war schlecht, dann wird dieser Abend auch nicht besser.« Ups, gut drauf der Herr Papa, dachte ich mir.

»Komm rein Daniel, ich habe Omeletten gekocht«, versuchte meine Mutter die Aufmerksamkeit auf sich zu lenken. »Die sind wirklich lecker, Papa«, ergänzte ich und begleitete ihn in die Küche, denn vielleicht gab es auch für mich noch ein paar Bissen von der Köstlichkeit.

»Was ist denn los, Daniel?«, fragte meine Mutter. Und jetzt kam die Ansprache, die sich immer wieder inhaltlich wiederholte. Manche Sätze meines Vaters hätte ich Wort für Wort mitreden können.

»Was los ist? Herrlich ist los! Es ist unerträglich, er ist ein unmöglicher Mensch. So wie Herrlich sich verhält, ist er kein Mensch. Er traktiert uns ohne Ende. Wir müssen unsere Produktivität steigern, es muss effizienter produziert werden. Und wie soll das gehen? Diese Firma wurde seit Jahren totgespart, es gab keine Investitionen. Das Personal wurde reduziert, um Kosten zu sparen. Wir Arbeiter sind nur eine Nummer, der Mensch dahinter zählt bei Herrlich nicht. Die Stimmung ist am Tiefpunkt, alle Arbeiter sind unmotiviert. Tagein, tagaus hören wir, wie schlecht wir unsere Arbeit verrichten. Er, der Herrlich, sitzt im Büro und nützt jeden Moment, um uns zu schikanieren. Wir sehen keinen Sinn in unserer Tätigkeit. Gut, wir bekommen am Ende des Monats unseren Lohn, der übrigens sehr bescheiden ist. Aber es wird der Tag kommen, und ich sehne ihn herbei, dann werde ich dem Herrlich die Meinung sagen und den Betrieb verlassen. Sobald ich irgendeine Aussicht auf einen neuen Job habe, werde ich es tun. Ich schwöre es bei

Gott.« »Versündige dich nicht, Daniel«, wies ihn meine Mutter zurecht.

Ich blickte aus dem Fenster, die Polizei müsste bereits unterwegs sein. Der Geduldsfaden unserer Nachbarn würde heute tatsächlich gerissen sein, denn die Lautstärke dieser Ansprache konnte es bestimmt mit dem Betrieb einer Kreissäge aufnehmen. Bis zum Eintreffen der Exekutive könnte ich noch ein paar meiner Weisheiten loswerden.

»Papa, es wird sich bald etwas ändern.«

»Klar, Anne, ich werde Herrlich eine knallen, dann hat dieses Theater ein Ende.«

»Es wird sich etwas ändern, ich verspreche es dir, Papa.«

»Wie soll das geschehen, Anne?«

»Victor hat eine alte Schreibmaschine, die Wünsche erfüllen kann.« Mein Vater lachte laut, wenigstens machte er jetzt ein freundlicheres Gesicht. Meine Mutter war sehr erstaunt.

»Das glaube ich nicht«, stellte mein Vater meine Aussage in Frage.

»Doch, die Schreibmaschine funktioniert. Unsere Professorin, Frau Julia, wurde spontan gesund, weil wir diesen Wunsch in die Schreibmaschine getippt haben.«

»So, so, sie erfüllt nicht nur Wünsche, sondern sie vollbringt auch Wunder. Interessant.«

Mein Vater nahm mich auf den Arm. Er nahm mich überhaupt nicht ernst. Er glaubte mir kein Wort.

»Anne, ich finde es großartig«, meine Mutter streichelte mir über den rechten Arm, während sie die Teller vom Tisch nahm. Mein Vater konnte nichts essen, daher blieb noch etwas für mich übrig.

»Dann wird deine Schreibmaschine in nächster Zeit glühen, denn meine Liste an Wünschen ist ziemlich lang, liebes Fräulein. Nimm dir einen Zettel und schreib mit, damit du auch keinen Wunsch vergisst.« Ich holte natürlich keinen Zettel.

»Du nimmst mich nicht ernst, Papa.«

»Doch, doch, der erste Wunsch ist ein Auto, damit ich nicht jeden Tag mit den öffentlichen Verkehrsmitteln fahren muss. Gut, es muss kein Porsche sein, ein Mercedes würde genügen. Dann möchte ich einen Job in der Führungsebene einer Firma, damit ich meine Ideen umsetzen kann und dementsprechend gut bezahlt werde. Die neue Wohnung muss nicht in der Innenstadt sein, es reicht ein hundert Quadratmeter großes Apartment im zweiten Bezirk mit Aussicht auf den Dom. Hast du das alles notiert?« Ich schrieb natürlich keinen Buchstaben auf, denn diesen Unsinn wollte niemand lesen. »Ach, ich habe noch etwas vergessen, vielleicht noch einen Kleingarten am Stadtrand für unsere Wochenenden zum Entspannen.«

Das Gefühl der Traurigkeit kam in mir hoch. Mein Vater veräppelte mich, obwohl ich ihm helfen wollte. Die ersten Tränen kullerten über mein Gesicht und ich schlich in mein Zimmer.

»Daniel, wie kannst du nur so ungerecht sein? Anne will uns auf ihre Art helfen und du schlägst ihr mit deiner Dummheit ins Gesicht. Hast du das von Herrlich gelernt?«

»Marie, du wirst diesen Schwachsinn doch nicht glauben? Eine Schreibmaschine, die Wünsche erfüllt? Das gibt's doch nur in Annes Fantasie. Unser Leben ist ein Kampf und ich werde langsam müde, diesen Kampf Tag für Tag zu kämpfen, daran kann eine Schreibmaschine nichts ändern.«

Ich wischte mir die Tränen aus dem Gesicht und kehrte in die Küche zurück, denn ich wollte einiges klarstellen. Meine Stimme, die in letzter Zeit manchmal versagte, erklang ganz ruhig und klar. Eine Kraft von oben stärkte mich.

»Das Leben ist kein Kampf. Das Leben ist nur dann ein Kampf, wenn du es als Kampf siehst. Wir sind nicht alleine mit diesen Sorgen, viele Familien haben die gleichen Probleme. Aber gerade in diesen schwierigen Zeiten müssen wir zusammenhalten und fest daran glauben, dass die Zeiten besser werden. Der Glaube versetzt Berge. Wenn wir unseren Glauben an das Gute verlieren, wenn wir unseren Glauben an eine bessere Zeit verlieren, dann haben wir diesen Kampf tatsächlich verloren. Aber keinesfalls vorher. Ja, es gibt sicher Rückschläge und Herausforderungen, doch genau diese Situationen müssen uns motivieren, den Weg weiterzugehen und nicht anzuhalten. Wie sehr glaubt ihr daran? Wie fest ist der Glaube in euch verankert? Wenn ihr daran glaubt, wird es geschehen.«

Stille war in der Küche eingekehrt. Ich sah die erstaunten Augen meiner Eltern. Danach verließ ich den Raum und ging in mein Zimmer. Ich hatte mir einige Worte meiner Ansprache von Pater Pierre ausgeborgt, doch ich fühlte genau so, wie ich es gesagt hatte. Diese Sätze kamen aus tiefstem Herzen, denn es ging um das Wohl unserer Familie. Ich liebte meine Familie. Niemals zuvor hatte ich so zu meinen Eltern gesprochen, das stand ihnen auch ins Gesicht geschrieben.

»Woher hat sie das nur?«, fragte sich meine Mutter ganz verwundert.

Mein Vater schluckte und war noch etwas perplex.

»War das wirklich unsere Tochter Anne? Ich kann es nicht glauben, was hier soeben gesagt wurde.«

»Daniel, es ist erstaunlich, aber Anne hat recht! Das ewige Jammern und Hadern macht keinen Sinn. Wir müssen an die Veränderung glauben.« Es fiel meinem Vater mit Sicherheit nicht leicht und der Klang seiner Stimme, die ich lauschend an der Tür meines Zimmers vernommen hatte, bestätigte meine

Vermutung, er stimmte meiner Aussage zu. Unglaublich!

»Ja, Marie. Anne hat mit jedem Wort recht. Sie ist ein kluges Mädchen und ich bin sehr stolz auf sie.« Hatte das mein Vater wirklich gesagt? Er ist stolz auf mich? Jetzt musste ich sogar lächeln.

Pater Pierre hatte es vorausgesagt, oft genügen die richtigen Worte, um zu helfen. Ich konnte mit meinen Worten zu einer positiven Stimmung innerhalb unserer Familie beitragen. Es fühlte sich großartig an. Trotzdem durfte ich Victors Schreibmaschinenprojekt nicht aus den Augen verlieren.

Tags darauf am Nachmittag traf ich Victor im Geheimquartier in seinem Antiquitätenzimmer.

Komisch, sobald ich das Zimmer betrat und Victors Hamster mich erblickte, verschwand er im letzten Winkel seines kleinen Holzhäuschens. Warum wohl? Was sollte ihm passieren? Eingesperrt war er doch schon. Egal, Victor saß schon voller Tatendrang vor seiner Schreibmaschine, er konnte mein Erscheinen kaum erwarten. Es gab keine Begrüßung, gar nichts, er legte gleich los.

»Welchen Wunsch tippen wir heute in die Schreibmaschine?«

»Mein Vater hat viele unmögliche Wünsche geäußert, aber einer davon wäre einen Versuch wert.« »Sag schon!«, forderte mich Victor auf. »Mein Vater soll einen Job in der Führungsebene einer Firma bekommen.« Wir waren wirklich gespannt, ob die Maschine diesen Wunsch akzeptieren würde. Unsere Erfahrung hatte gezeigt, dass dieses Ding mit unseren Vorschlägen meistens nicht einverstanden war. Einzige Ausnahme war die Genesung von Frau Professor Julia. Bevor Victor den ersten Buchstaben tippte, ertönte das mittlerweile berühmte *Pling*. Oh, für mich ein Zeichen, dass die Maschine bereit war. Die Sterne standen also gut.

Mit seinem *Adlersystem,* die Zeigefinger der linken und rechten Hand *flogen* im Schneckentempo über die Tastatur und suchten aus der Vogelperspektive die Buchstaben, begann Victor zu schreiben. Das Zehn-Finger-System, welches das Schreiben beschleunigen würde, hatte ihn nie interessiert. Voller Aufmerksamkeit sah ich auf das Papier und tatsächlich, es funktionierte. Buchstabe für Buchstabe erschien der Satz: *Annes Vater soll einen Job in der Führungsebene einer Firma bekommen.*

Die Maschine akzeptierte unseren Wunsch. Dann begann die Zeit der Ungeduld. Wir wussten nicht, wann dieser Wunsch in Erfüllung gehen würde. Es könnte sofort geschehen oder auch erst in ein paar Tagen oder Wochen. Monate sollte es bitte nicht dauern, das würde mein Vater, meine Mutter und auch ich nicht aushalten. Da es erst unser zweiter Wunsch war, den die Maschine akzeptiert hatte, gab es so gut wie keine Vergleichswerte in Bezug auf die Dauer bis zur Erfüllung des Wunsches. Somit hieß es, geduldig zu warten. Doch mit Geduld waren weder Victor noch ich gesegnet, wir konnten das Ergebnis unserer Handlung kaum erwarten.

Als ich zu Hause ankam, erledigte meine Mutter den Haushalt. Staubsaugen, Putzen, alles, was notwendig war. Ich schnappte mir freiwillig das Bügeleisen und begann mit dem Bügeln. Meine Mutter hatte mir schon sehr früh die Tätigkeiten im Haushalt beigebracht. Daher gehörte auch das Bügeln seit damals zu meinen gemeinnützigen Fähigkeiten.

»Anne, was ist los? Ich erkenne dich kaum wieder.«

»Nichts, ich will dir nur im Haushalt helfen.«

»Das freut mich! Aber würde es dir etwas ausmachen, das Wasser nachzufüllen?« In der Tat, das Dampfbügeleisen krächzte bereits nach Wasser. Ups. Aufgrund meiner Euphorie war der Wassermangel unbemerkt geblieben. Diesen Umstand musste ich daher schnell ändern und dem ums Überleben kämpfenden Bügeleisen Wasser geben.

»Anne, du bist heute so anders, du lächelst unentwegt.«

Das war mir gar nicht aufgefallen.

»Ähm…ich weiß auch nicht.« Natürlich wusste ich, was los war. Ich konnte die Ankunft meines Vaters kaum erwarten. Ob der Wunsch bereits heute in Erfüllung gegangen ist? Im nächsten Moment lehnte ich mich weit aus dem Fenster und sagte zu meiner Mutter:

»Heute wird noch etwas Großartiges geschehen.«

»Ach wirklich, was denn?«

»Du wirst schon sehen, Mama.« Ich hoffte inständig, dass dieser Wunsch in Erfüllung gehen würde. Wenn es um das Thema Glauben ging, war ich an erster Stelle. Ich konnte doch nicht nur davon reden. Der Glaube an diese Veränderung kam aus tiefstem Herzen. Meine Mutter putzte noch im Badezimmer und ich bügelte fröhlich weiter. Plötzlich hörte ich, dass jemand das Schloss unserer Wohnungstür aufsperrte. Um diese Zeit? Es war noch gar nicht sechzehn Uhr. Gleichzeitig sahen meine Mutter und ich in Richtung Wohnungstür. Als die Tür aufging, stand mein Vater vor uns. Schmutzig, nicht alkoholisiert und mit einem Lächeln. Wir hatten ihn gar nicht kommen gehört. Er sagte kein Wort, er stand nur da und lächelte. Wir sahen uns fragend an. Dann sagte meine Mutter:

»Ist alles in Ordnung, Daniel?« Meine Mutter machte sich ernsthaft Sorgen, denn dieses Erscheinungsbild meines Vaters war ungewöhnlich.

»In bester Ordnung, Marie«, dabei knuddelte mich mein Vater, als gäbe es kein Morgen.

»Kommt mit, ich muss euch etwas erzählen!«
Wir folgten der Anweisung und begleiteten ihn in die Küche. Er hatte sein Gesicht auf Dauergrinsen eingestellt.

»Wisst ihr, was heute geschehen ist?«, fragte mein Vater in die Runde.

»Keine Ahnung. Sag schon, Daniel! Lass dir nicht alles aus der Nase ziehen!« Ja, auch meine Mutter war ungeduldig.

»Herrlich wurde heute entlassen. Er hat illegale Geschäfte mit Messingspänen gemacht.« Meine Mutter war begeistert. Nicht von den illegalen Geschäften, sondern davon, dass Herr Herrlich seine gerechte Strafe erhielt.

»Dreimal dürft ihr raten, wer seinen Posten als Vorarbeiter bekommen hat.«

»Du«, war meine kurze Antwort.

»Richtig, Anne! Ich bin der neue Vorarbeiter in der Metallfabrik. Darum bin ich heute schon früher nach Hause gekommen, um euch diese Neuigkeit zu erzählen.«

»Ich freue mich mit dir, Daniel.«

»Papa, das ist großartig.«
Wir freuten uns alle und umarmten uns gegenseitig. Die Freude überstrahlte alles, auch die

Sorgen und Probleme, die wir bis zu diesem Tage hatten.

»Anne hat schon am Nachmittag ein tolles Ereignis angekündigt«, erklärte meine Mutter.

»Zufall«, kommentierte ich das Ereignis. Doch ich wusste, es war die Erfüllung des Wunsches und kein Zufall. Zufälle gibt es nicht!

Diese Begebenheit hat vieles verändert. Mein Vater verspürte keinen Druck mehr. Dieser unermessliche Druck, immer stark zu sein und in einer belastenden Situation ausharren zu müssen, ohne Rücksicht auf Verluste, auch, wenn das ganze Familienleben darunter leidet und man Gefahr läuft, unter diesem Druck zusammenzubrechen. All dieser Kummer und diese Sorgen, die mit solch einer aussichtslosen Situation einhergingen, waren plötzlich verschwunden. Der Beginn ist, die Entscheidung zu treffen: *Es muss sich etwas ändern und es wird sich etwas verändern.* Auch, wenn am Anfang noch nicht klar ist, wie diese Veränderung aussieht. Das Treffen dieser Entscheidung ist der erste Schritt. Mit dem Gedanken *ich kann etwas verändern* und dem Glauben als Multiplikator, ist alles möglich. Viele Menschen warten auf eine Veränderung von außen, die in den seltensten Fällen eintritt. Veränderung entsteht im Inneren und geht immer von der betreffenden Person aus. Der Glaube an diese Veränderung hat es möglich gemacht.

Glaubt fest daran, dann wird es geschehen! Danke, Pater Pierre.

Ich spürte eine große Erleichterung, denn ich hatte den Auftrag - meiner Familie zu helfen - erfüllt.

Jedes Jahr Mitte Mai, ein paar Wochen vor den Sommerferien, plante Frau Professor Julia eine Schullandwoche.
Diese Woche wurde dafür genützt, um andere Landesabschnitte kennenzulernen und gemeinsame Zeit außerhalb des Schulalltags zu verbringen. Grundsätzlich gab es gegen diese Abwechslung nichts einzuwenden, gäbe es da nicht die Bande um den Mitschüler Patrick, kurz Pat genannt. Pat sah sich als Obermacho vor dem Herrn. Viele Mädchen der Schule himmelten Pat an. Ich konnte mir einfach nicht erklären, was an diesem Typen so interessant war. Es gab wirklich nette und intelligente Jungs an der Schule, aber Pat gehörte mit Sicherheit nicht dazu. Pat nutzte jede Gelegenheit, um sich wichtig zu machen, um sich zu präsentieren und um ihn herum hatte sich so eine Art Gang gebildet. Pats Schulleistungen gaben wenig Anlass zum Jubeln, doch als Rekordhalter bei den Fehlstunden ließ er sich gerne feiern. Ehrlich gesagt fehlte er weder mir noch Victor, denn auf seine Störaktionen konnte man gerne verzichten.

Victor vermied jeglichen Kontakt zu diesem Halbstarken. Er war grundsätzlich ein konfliktscheuer Mensch, daher machte er um diese Gruppierung einen weiten Bogen. Doch bei Schullandwochen konnte man ein Aufeinandertreffen kaum verhindern, denn es spielte sich alles auf sehr engem Raum ab. Das ging schon bei der Busfahrt los. Die Eltern brachten die Schüler zur Bushaltestelle, welche zugleich der Start unserer Reise war. Diesmal kam Victor mit seinem Vater zur Haltestelle. Zum Abschied umarmte er ihn, doch Victor hatte keine große Freude mit dieser Abschiedszeremonie, denn Pats Bande lag ständig auf der Lauer und beobachtete das Geschehen.

Wie immer platzierte sich Victor rechts in der ersten Reihe des Busses, weit weg von Pats Bande, welche die letzte Sitzreihe fix reserviert hatte. Der Sitzplatz neben Victor blieb immer frei, niemand wollte sich zu ihm setzten - gut, dass er mich hatte. In der Reihe neben uns war Frau Professor Julia, die noch angespannt die Teilnehmer abzählte. Blödmann Pat schrie gleichzeitig irgendwelche Zahlen von hinten nach vor, um Frau Professor Julia aus dem Konzept zu bringen, doch es gelang ihm nicht. Großartig - ein Sieg für alle *normalen* Reise-teilnehmer. So begann unsere Fahrt in das Abenteuer Schullandwoche. Dieses Jahr fuhren wir in die Nähe des Nationalparks Calanques.

»Es ist ein Naturschutzgebiet vor den Toren von Marseille. Dieser Nationalpark ist der zweitjüngste in Frankreich - und der einzige seiner Art in ganz Europa. Die Calanques sind fjordähnliche Buchten im Kalkgestein des Mittelmeers und eine der bedeutendsten Touristenattraktionen in Südfrankreich. Das *Massif des Calanques* mit den hohen Felsklippen wird jedes Jahr von vielen Touristen besucht. Zahlreiche Wanderwege durchziehen die Calanques, auf diesen Wegen kann man die einzigarte Flora und Fauna bewundern.« Victor, der Reiseführer. Er hatte sich natürlich auf diese Reise vorbereitet und alles, was er über diesen Nationalpark ergattern konnte, gelesen.

»Danke für deine tolle Einleitung zu unserer Reise«, sagte Frau Professor Julia und gleichzeitig lächelte sie herüber. Victor wurde leicht rot im Gesicht. Aus der Reihe hinter uns hörte man ein leises Kichern. Gut, dass Pat Victors Monolog nicht gehört hatte, dieser wäre wieder ein gefundenes Fressen und eine Vorlage für einen dummen Kommentar gewesen. Unser Quartier für die nächsten fünf Tage lag etwas außerhalb des Nationalparks, aber in guter Lage, sodass wir jeden Tag einen Ausflug starten konnten. Die Einrichtung der Zimmer konnte man zwar nicht mit einer Luxus-Suite vergleichen, aber sie erfüllte ihren Zweck. Als ich Victors Zimmer betrat, packte er seinen Koffer aus und ich konnte nicht glauben, was hier zum Vorschein kam.

»Sieh mal, Anne!«

»Bist du verrückt, Victor? Warum hast du die Schreibmaschine mitgenommen?«

»Wir müssen doch an unserem Projekt weiterarbeiten«, antwortete Victor.

»Aber doch nicht in der Schullandwoche! Victor, pack sie schnell in den Kleiderschrank und decke sie zu, damit sie niemand sieht!« Angsthase Victor, der die Schreibmaschine bei Pater Pierre lassen wollte und Bedenken bezüglich einer möglichen Fremdbenützung hatte, brachte sie in den Nationalpark Calanques mit. Ich konnte es nicht fassen. Möglicherweise wollte er der Schreibmaschine die große weite Welt zeigen und ihr, aufgrund des hohen Alters, noch einen schönen Ausflug gönnen. Trotzdem blieb ich bei meiner Meinung, dass Victor hier einen Fehler gemacht hatte. Er schob dieses *Pling-Ding* am Boden des Schrankes ganz nach hinten und bedeckte es mit einer Decke.

»Niemand weiß, dass ich die Schreibmaschine mithabe. Und du wirst mich auch nicht verraten.«

»Ja, ja, Victor, ist gut«, mehr fiel mir dazu nicht ein.

Am nächsten Tag startete die erste Tour dieser Reise. Ein wunderschöner Morgen mit blauem

Himmel, Sonnenschein und einer angenehmen Temperatur - perfekter könnte dieser Tag nicht sein. Frau Professor Julia hatte am Vortag noch erklärt, dass jeder in Wanderbekleidung und mit festem Schuhwerk ausgerüstet sein müsse. Alle bis auf Pat hatten sich daran gehalten. Pat ging mit leichter Sportbekleidung und weißen Sneakers los. Frau Professor Julia schüttelte nur den Kopf, als sie ihn sah. Wir wanderten die Küste entlang und bewunderten das Meer, in welchem sich die Sonne spiegelte. Ein wunderbarer Anblick. Victor genoss die Bewegung in der Natur. Er sprach kaum ein Wort, wie zumeist, wenn er nicht unter vertrauten Personen war. Genau das Gegenteil vom Super-Checker, denn Pat redete unentwegt Unsinn und prahlte mit seiner neuen Gucci-Sonnenbrille. So wanderte die gesamte Klasse einige Stunden von einem schönen Platz zum nächsten. Plötzlich, es muss am späten Nachmittag gewesen sein, kam es zu einem Handgemenge und mittendrin Victor. Pat behauptete, dass Victor ihn angerempelt hätte, er außer Tritt gekommen sei und seine heißgeliebte und sündteure Gucci-Sonnenbrille, Made in China, direkt von seinem Kopf in den Abgrund in Richtung Meer gestürzt wäre. Victor war zu diesem Zeitpunkt in der Nähe, aber ich war davon überzeugt, dass er Pat niemals berührt hatte.

Ich konnte mir aber gut vorstellen, dass Pats Nebenbuhler Dany die Gunst der Stunde genutzt und ihm geschickt diesen Rempler verpasst hatte und Victor leider zu diesem Zeitpunkt am falschen Ort war. Und das blöde Grinsen von Dany bestätigte meine These. Pat packte Victor am Kragen und schüttelte ihn mit lautem Geschrei durch. Frau Professor Julia erkannte die Situation und ging kühn dazwischen. Unglaublich, welche Kraft diese zierliche Person entwickelte. Und Victor sagte - nichts. Kein einziges Wort kam ihm über die Lippen. Jeder andere hätte sich verteidigt, um jede Schuld von sich zu weisen. Aber Victor blieb stumm.

»Ich werde dir mal eine verpassen, du Nerd«, beleidigte Pat den schüchternen Victor, der sich ganz nach hinten abfallen ließ, um auf keinen Fall mehr mit irgendjemanden reden zu müssen.

Victor tat mir leid. Er kam unschuldig in diese Situation und jetzt musste er sich noch vor Pat in Acht nehmen.

»Warum hast du dich nicht zur Wehr gesetzt?« fragte ich Victor.

»Ich weiß, dass du es nicht gewesen bist. Es war bestimmt dieser Dany.« Stille - ohne Worte schlenderte Victor den Weg entlang.

»Redest du nicht mehr mit mir?« Komisch, hatte sich Victor ein Schweigegelübde auferlegt?

»Victor, sag schon was!« Nichts, es kam kein Laut von ihm.

»Gut, dann sag ich auch nichts mehr.«

Am Abend kehrten alle in die Unterkunft zurück und mit einem köstlichen Abendessen, es gab Ratatouille, beendeten wir diesen schönen und erlebnisreichen Tag.

Frühmorgens am nächsten Tag lief Victor am Gang vor seinem Zimmer auf und ab und drehte wie wild sein rechtes Handgelenk und ich wusste, hier war Gefahr in Verzug.

»Victor, was ist los? Hat dir Pat etwas angetan?« So aufgeregt hatte ich Victor selten gesehen.

Das Tagesprogramm konnte nicht der Auslöser sein, denn Frau Professor Julia gab uns diesen Tag zur freien Verfügung.

»…die…die…die…«, stammelte Victor vor sich hin.

»Was?«, ich hatte keine Ahnung, was er meinte.

»…die…die...«, ging es wieder los.

»Victor, sag mir, was los ist!«

»…die Ma…die Ma...«

immerhin zwei Buchstaben mehr. Dann kam es mir in den Sinn.

»Die Schreibmaschine.« Victor blieb wieder einsilbig.

»…ja…ja…«

Ich begleitete Victor in sein Zimmer und sah, dass der Kleiderkasten durchwühlt und die Schreibmaschine verschwunden war.

»Oh mein Gott«, dieser Anblick tat mir in der Seele weh. Auf mein Anraten hin nahm Victor auf seinem Bett Platz. Victor war den Tränen nahe, so traurig hatte ich ihn noch nie gesehen. Seine Schreibmaschine war verschwunden. Victor saß auf seinem Bett und gab keinen Laut von sich. Nun kullerten unzählige Tränen an den Wangen herunter. Wer hat ihm das angetan? PAT - schrie es durch meinen Kopf. Und das schrie nach Rache!

»Den werden wir uns vorknöpfen, diesen Burschen. Alle Mann an die Stöcke, wir werden den Übeltäter suchen, ihn aufspüren und zur Rede stellen. Victor, wir müssen handeln!« Doch mein ganzes Einschwören auf diese Aktion half nichts. Victor saß unmotiviert auf seinem Bett.

»Willst du die Schreibmaschine nicht zurückholen, Victor?« Er nickte kurz und das war mein Auftrag, diese geheime Operation einzuleiten. Victor schlenderte planlos durch die Gegend.

»So werden wir die Schreibmaschine nicht finden. Ein bisschen mehr Einsatz, wenn ich bitten darf!« Vielleicht bildete ich mir das alles auch ein, aber ab diesem Moment legte Victor einen Zahn zu. Wir suchten die Gegend um unser Quartier ab. Hinter jedem Baum und jedem Strauch könnte dieses Teil versteckt sein. Oder war es Pats Plan, dieses Ding komplett zu zerstören, es in alle Einzelteile zu zerlegen und zu entsorgen? Nie und nimmer würde ich auch nur ansatzweise diese Gedanken mit Victor teilen.

Wir streiften schon ziemlich lange durch die Gegend. Meine Hoffnung auf Erfolg dieser Suche schwand mit jeder Minute mehr. Victor hatte Blut geleckt und suchte noch immer fleißig weiter, bis uns auf einer Lichtung eine fremde Person entgegenkam. Ich konnte gar nicht so schnell schauen, schon drehte Victor um und schlug den Weg zurück in unsere Unterkunft ein. Irgendwie konnten wir diese fremde Person nicht abschütteln. Es sah so aus, als ob sie uns verfolgen würde. Obwohl wir ein hohes Schritttempo gewählt hatten, holte diese Person auf und das machte Victor nervös. Alle zehn Schritte machte er einen Blick nach hinten.

»Hallo! Hallo!«, schrie plötzlich diese Person. Es klang nach einer älteren weiblichen Stimme. Was heißt hier *Hallo*? Sind wir in einer Telefonzelle, oder was? Victors Schrittfolge wurde noch schneller. Doch diese fremde Person gab nicht auf.

»Halt!« fügte diese Person einem weiteren *Doppel-Hallo* hinzu. Warum sollten wir anhalten? Ich konnte mich beim besten Willen nicht daran erinnern, dass wir uns mit dieser Person verabredet hatten.

»Ich habe etwas!« Das wurde immer schöner. Was sollte sie für uns haben? Victors Gesichtsausdruck zufolge wollte er von dieser Frau auf keinen Fall etwas haben. Meiner Einschätzung nach war es auch unmöglich, dass sie uns einholen könnte. Wir waren viele Jahre jünger, sportlicher und entschlossener. Falsch gedacht! Durch den Wald nahmen wir die leicht abfallende Forststraße, welche wir schon vom Hinweg kannten. Doch diese ausgefuchste Verfolgerin kannte anscheinend eine Abkürzung und stand plötzlich um Luft ringend drei Meter vor uns. Mit einem langen, nach Luft schnappenden Atemzug sagte sie:

»Hier bin ich!«, so als hätten wir schon stundenlang auf sie gewartet. Ich sah nur eine mir völlig unbekannte ältere Frau, gekleidet mit einem dunkelgrünen Wandergewand, einem dazu passenden Stirnband und einem größeren grauen Rucksack am Rücken. Da ihr Victor nicht gleich um den Hals fiel, wusste ich, dass auch er diese Frau nicht kannte. So standen wir nun in einer Dreierkonstellation. Die Frau nahm den Rucksack ab, stellte ihn auf der Seite der Forststraße hin, öffnete die Schnallen und zog ein für uns total unerwartetes Geschenk heraus.

»Diese Schreibmaschine wird gesucht, nicht wahr?« Victor und ich sahen uns fragend an. Nach einer kurzen Pause konnte sich Victor zu einem »Ja«

durchringen. Gleichzeitig drückte die Frau Victor die Schreibmaschine in die Hand. Der etwas wortkarge Victor schleuderte der Frau noch ein schnelles »Danke« entgegen, bevor er die Schreibmaschine begutachtete. Gut, auch ich war in diesem Moment sprachlos. Wie konnte diese Frau wissen, dass wir auf der Suche nach der Schreibmaschine waren? Hatte sie uns beobachtet?

»Hat Pat die Schreibmaschine versteckt?«, fragte Victor die Frau. Blöde Frage, dachte ich mir. Diese Frau kann Pat doch auf keinen Fall kennen. Doch sie antwortete:

»Ja!« Was? Sag mal, geht's noch! Ich glaub, ich werde verrückt.

»Victor, lass uns bitte abhauen!«, flüsterte ich ihm ins Ohr. Doch er lächelte ganz entspannt, immerhin hatte er seine Schreibmaschine wieder.

»Bevor ich nun gehe, habe ich noch eine wichtige Information«, begann die Frau ihre Erklärung.

»Die Schreibmaschine wird noch genau drei Wünsche erfüllen und für den letzten Wunsch gibt es nur einen Versuch. Also wähle die Wünsche sehr bedacht aus, Victor.«
Nach diesen Worten verschwand die Frau mit einem Lächeln im Wald. Moment mal! Plötzlich konnte ich mich wieder erinnern. Diese Frau hatte einen Goldzahn, der beim Lächeln hervorblitzte. Diesen Zahn kannte ich. Es konnte sich unmöglich um

dieselbe Person handeln. Doch eines war klar, auch der alte Mann am Flohmarkt, der Victor die Schreibmaschine geschenkt hatte, hatte dieses Goldzahn-Lächeln. Victor hatte anscheinend nichts bemerkt. Er drehte die Maschine in alle Richtungen, um festzustellen, ob sie Schaden erlitten hatte.

»Schon verrückt, da kommt eine ältere Dame und bringt uns die Schreibmaschine.« Victor antwortete nur mit einem »Mhm«. Vielleicht waren meine Erwartungen etwas hochgegriffen, doch *Mhm* war eindeutig zu wenig.

»Victor, sie hat auch deinen Namen gekannt. Das gibt's doch gar nicht.« »Mhm«, kam wieder nur dieser Laut von Victor.

»Was ist los mit dir? Kannst du auch noch etwas anderes sagen als *Mhm*?« »Mhm«, lautete Victors Antwort. Bevor ich mich über diese wiederholte Antwort so richtig aufregen konnte, sprach er doch noch zu mir. Halleluja!

»Nur noch drei Wünsche kann die Schreibmaschine erfüllen, Anne.« Ja, er hatte recht. Doch woher kannte die Frau dieses Geheimnis der Schreibmaschine? Es war mir ein Rätsel.

Nach kurzer Zeit waren wir auch schon wieder in unserer Unterkunft und Victor sperrte die Schreibmaschine in seinen Reisekoffer und legte ihn auf den Kleiderkasten. Im gleichen Augenblick hörten wir verschiedene Stimmen am Gang.

Auch die Stimme von Frau Professor Julia war zu hören, sie klang sehr aufgeregt. Der Name Pat wurde mehrmals erwähnt. Es stellte sich heraus, dass er unauffindbar war. Pat war verschwunden. Am Anfang glaubten alle an einen Scherz, doch sein Buddy Dany erklärte, dass er nicht wisse, wo er sei. Schnell wurde ein Suchtrupp mit den Rangern des Nationalparks zusammengestellt, um nach Pat zu suchen. Mir persönlich konnte er, nach dem Vorfall mit der Schreibmaschine, gestohlen bleiben. Vermutlich hatte Pat diese Aktion gestartet, um wieder einmal im Mittelpunkt zu stehen. Wir beobachteten das Geschehen in der provisorisch eingerichteten Leitstelle im Speisesaal. Als dann die ersten negativen Funksprüche der Ranger hereinkamen, erkannten wir schnell den Ernst der Lage.

Dieser Wettlauf mit der Zeit, denn der Abend dämmerte schon, machte Frau Professor Julia sehr zu schaffen. Sie hatte die Verantwortung für die ganze Klasse, daher musste Pat dringend gefunden werden. Und hoffentlich war nichts Schlimmes passiert. Auch Victor und ich machten uns jetzt Sorgen. Obwohl Pat nicht zu unseren Freunden gehörte, ging es um ein Menschenleben, das nun vielleicht in Gefahr war. Victor stand, ohne ein Wort zu sagen, auf und verließ den Speisesaal, natürlich nicht ohne mich. Ich verfolgte ihn wie ein Schatten. »Victor, was machst du?« »Ich versuche zu helfen!«

In seinem Zimmer kletterte er auf den Sessel und holte den Koffer mit der Schreibmaschine herunter. Er nahm die Maschine heraus und spannte ein Blatt Papier ein. »Victor, du wirst doch nicht… ich meine, du hast nur noch drei Wünsche.«

»Ich weiß, aber wir müssen Pat finden.«

»Ja, aber…« »Kein aber, Anne!« Gleichzeitig tippte Victor auf der Tastatur und Buchstabe für Buchstabe war der Wunsch am Papier zu lesen: *Pat soll gefunden werden.*

Wir wussten, dass die Maschine den Wunsch akzeptiert hatte, sonst wäre das Blatt leer geblieben. Victor wollte das Papier schon rausziehen, als die Maschine, wie von Geisterhand, zu schreiben begann. Das hatten wir noch nie erlebt und wir fielen fast in eine Schockstarre. Die Hebel der Schreibmaschine bewegten sich federleicht und schrieben folgenden Wortlaut auf das Papier:

Massif des Calanque. Nicht nur der Ort wurde niedergeschrieben, sondern auch die genauen Koordinaten: *43° 12' 34" N , 5° 26' 57" O*

Victor lief mit diesen Informationen sofort zur Leitzentrale im Speisesaal und die Frau am Funkgerät gab den Standort unverzüglich an den Ranger-Suchtrupp durch. Frau Professor Julia wollte unbedingt wissen, woher Victor diese Informationen hatte. Doch Victor sagte kein Wort. Wir warteten alle gespannt auf ein Lebenszeichen von Pat. In solchen Situationen fühlte sich eine Minute wie eine Ewigkeit an. Nach zirka zwanzig Minuten kam der erlösende Funkspruch:

Zielperson gefunden, leichte Verletzung am rechten Fuß, aber sonst wohlauf.

Ein Jubelschrei erfüllte den Speisesaal und Frau Professor Julia umarmte alle Personen in ihrer Nähe. Ja, auch Victor. Victor wurde nicht lange gefragt und fand sich in den Armen von Frau Professor Julia wieder. Aber nicht lange, er befreite sich gekonnt, immerhin hatte er das jahrelang trainiert, und stürmte in sein Zimmer. Victor war der stille Held dieser Suchaktion. Es lag ihm nichts ferner, als im Mittelpunkt oder Rampenlicht zu stehen. Tatsächlich verwendete er einen der letzten drei Wünsche, um Pat zu finden. Diesen Pat, der wahrlich nicht sein Freund war. Pat, der ihm sein Lieblingsstück, die Schreibmaschine, gestohlen hatte. Pat, der Victor bedrohte und ihn einer Tat verdächtigt hatte, die er niemals tun würde. Pat, der Victor mit seiner drohenden Art große Angst machte. Doch all das spielte in diesem Moment keine Rolle. Victor zögerte keinen Moment und half mit Unterstützung der Schreibmaschine, ohne auch nur eine Frage zu stellen. Da kam mir das Gespräch mit Pater Pierre in den Sinn. Victor hatte mit seinem Handeln wieder anderen Menschen geholfen und sie glücklich gemacht. Ja, er half nicht nur der Zielperson Pat, sondern auch Frau Professor Julia, sie hatte die ganze Verantwortung. Sogar den Rangern half Victor, damit ihre Suchaktion erfolgreich beendet werden konnte. Er hatte instinktiv alles richtig gemacht, keine Sekunde hatte er an seiner Handlung gezweifelt, entschlossen verfolgte Victor sein Ziel Pat zu helfen. Auch meine dummen und selbstsüchtigen Zwischenrufe konnten ihn nicht stoppen. Natürlich wusste er nicht, ob die Schreibmaschine helfen würde. Aber es war allemal einen Versuch wert. Er wurde gar nicht um Hilfe gebeten, doch er spürte, dass etwas getan werden musste, und sein zufriedener Gesichtsausdruck sagte, dass er richtig gehandelt hatte. Und mein Gefühl sagte mir, dass auch Victor in diesem Augenblick glücklich war.

Ich weiß bis heute nicht, ob Pat sich bei Victor jemals für dessen Hilfe bedankte. Victor stellte diesbezüglich sicher keine Forderungen, seine Hilfe war niemals an eine ähnliche Erwartung geknüpft. Trotzdem wäre es eine schöne Geste von Pat gewesen.

Wir erfuhren im Anschluss an diese Aktion, dass Pat mit schlechtem Schuhwerk unterwegs gewesen war und ein paar Meter abstützte. Er hatte sich Gott sei Dank nur kleine Verletzungen zugezogen, welche im Krankenhaus in Marseille behandelt wurden. So ging unsere Erlebniswoche zu Ende und wir kehrten nach Hause zurück.

Übrigens hat der ganze Vorfall Pat nicht sonderlich berührt, denn nach Rückkehr in unsere Schule trieb er weiterhin sein Unwesen und belästigte Mitschüler mit seinen Dummheiten. Doch um Victor machte Pat einen großen Bogen. Niemals mehr musste Victor eine Demütigung hinnehmen. Ja, auch Victor hat somit eine Belohnung - Ruhe von Pat - erhalten.

Victor wurde nach unserer Rückkehr von seiner Mutter an der Bushaltestelle abgeholt. Sie hatte noch eine längere Unterredung mit Frau Professor Julia, vermutliche hat sie von Victors Heldentat berichtet. Doch dann hörte ich durch Zufall ein Gespräch zwischen Victor und seiner Mutter, es handelte sich eigentlich um einen *Victors Mutter-Monolog*.

»Schau mich an, Victor. Ich will, dass du ab sofort keinen Kontakt mehr mit Anne hast. Hast du mich verstanden?« Ich konnte meinen Ohren nicht trauen. Was? Warum sollte er keinen Kontakt mehr zu mir haben? Sie schaute Victor tief die Augen und fügte noch hinzu: »Anne tut dir nicht gut. Sie ist nicht die passende Freundin. Suche dir andere Freunde, Victor. Ist das klar?« Victor starrte seine Mutter nur an und sagte - nichts. Wie immer. Was habe ich

Victor angetan? Wir sind doch beste Freunde. Was heißt hier *nicht passende* Freundin. Ich habe bestimmt keinen schlechten Einfluss auf Victor genommen. Im Gegenteil, ich habe ihn immer unterstützt, auch in schwierigen Zeiten.

Klar, wir waren nicht immer einer Meinung. Ja, ich gebe zu, hin und wieder habe ich Victor sogar auf den Arm genommen und ein paar Späße mit ihm gemacht. Doch das gehört zu einer Freundschaft und jetzt soll alles aus sein? Warum? Nie hatte ich das Gefühl, dass ich eine Belastung für Victor war. Ich sah, wie Victor in meiner Gegenwart immer wieder aufblühte, das hätte seine Mutter sehen sollen, dann würde sie sich anders entscheiden. Leider hat sie niemals diese glücklichen und unbeschwerten Stunden von Victor und mir miterlebt. Ich war am Boden zerstört, unendlich traurig und ich weinte bitterlich. Sagt mir bitte, was ich falsch gemacht habe. Ich werde alles wieder gutmachen, doch ich war zu schwach, zu traurig, um auch nur ein Wort zu sagen. Warum hatte Victor nicht für mich Partei ergriffen? Er wollte mich doch heiraten. Und jetzt ließ er alles so geschehen. Jetzt wäre der richtige Zeitpunkt, um seiner Mutter die Liebe zu mir zu gestehen. Oder nicht? Mein Gott, warum hat sich das Blatt gewendet? Mag mich Victor nicht mehr? Das könnte er mir doch persönlich sagen. Im Nationalpark hatte er jede Menge Zeit, um mir zu sagen, dass er unsere Freundschaft beenden will. Ich verstand die Welt nicht mehr. In dieser Nacht konnte ich kaum schlafen. Die Nacht bestand aus Weinen und Grübeln, dann doch auch etwas Schlaf. Genauso fühlte ich mich am nächsten Tag. Ein Gefühl, als hätte mich ein Omnibus überfahren. Hatte ich das alles vielleicht nur geträumt? Am nächsten Morgen ging ich kommentarlos in Richtung Schule, zur berühmten Kreuzung. Diese Kreuzung, an welcher wir uns täglich trafen. Ich blickte umher, doch keine Spur von Victor. Zur Sicherheit wartete ich noch ein paar Minuten, doch dann machte ich mich auf den Weg. Einsam und allein setzte ich einen Schritt vor den anderen. Viele Gedanken beschäftigten mich, viele Fragen warteten auf eine Antwort, doch niemand konnte sie beantworten. Auch nicht Victor, denn dieser war leider nicht zu unserem Treffpunkt gekommen. An diesem Tag schien mir der Weg zur Schule endlos lang, so, als ob das Ziel immer weiter in die Ferne rücken würde, als ob das Ziel trotz immenser Anstrengung außer Reichweite wäre. Ein *nicht-enden-wollender* Wanderweg, gepaart mit Selbstvorwürfen und Zweifel. Hatte ich irgendetwas übersehen? Wo war der Punkt, an dem sich der Weg von Victor und mir trennte? Das hätte ich doch merken müssen, oder nicht? Welche Rolle spielte Victors Mutter in diesem Drama? Ein erdrückendes Gefühl, auf so viele Fragen keine Antwort zu bekommen. Irgendwann erreichte ich die Schule und ich sah von Ferne, dass Victor von seiner Mutter in die Schule gebracht wurde. Seine Mutter ging also auf Nummer sicher und wollte nichts dem Zufall überlassen. Victor sollte nicht die Chance bekommen, am Schulweg diese, ach so böse, Anne zu treffen. Gut, dachte ich mir, sobald der mütterliche Begleitschutz weg ist, werde ich mit Victor Kontakt aufnehmen. Doch das gestaltete sich schwieriger als erwartet. Sogar im Klassenzimmer wechselte Victor den Sitzplatz, um nicht in meiner Nähe zu sein. Victor vermied jeden Kontakt zu mir. Auch in den Pausen gelang es ihm, mir geschickt auszuweichen und im Zweifelsfall gab es da auch noch Frau Professor Julia, sie kümmerte sich intensiv um Victor. Gehörte auch sie zu diesem Komplott? Doch nicht Frau Professor Julia, unsere Lieblingslehrerin! Keine Ahnung, das alles war mir ein Rätsel. Warum wollte Victor mich loswerden? Die Unterrichtsstunden interessierten mich überhaupt nicht. Meine volle Aufmerksamkeit galt der Wiederkontaktaufnahme mit Victor. Der Schultag wurde mit dem Läuten der Glocke beendet und ich versuchte, in die Nähe von Victor zu kommen. Doch Victor wurde von Frau Professor Julia aus dem Klassenzimmer begleitet und direkt in die Hände seiner Mutter, welche schon am Schulhof auf ihn wartete, übergeben. Victor wurde anscheinend zur

Schutzperson Nummer Eins und ich wusste nicht warum. Die ganze Lage fühlte sich surreal an. Obwohl ich Victor gut kannte, und bis zum gestrigen Tag hielt ich an dieser Tatsache fest, konnte ich seine Gefühlslage nicht einschätzen. Victor hatte, wie früher, sein Pokerface aufgesetzt und spulte sein Pflichtprogramm emotionslos herunter. Ein kontaktloser Tag zu Victor ging traurig zu Ende. Ich konnte mich gar nicht daran erinnern, wann es zuletzt einen solchen Tag gegeben hatte. Am nächsten Tag startete ich einen neuen Versuch. Wieder wartete ich vergebens an unserer Kreuzung. Wieder brachte ihn seine Mutter in die Schule. Wieder behütete Frau Professor Julia Victor wie ihren Augapfel. Ein Tag glich dem anderen. Manchmal wechselte Victors Schulshuttle-Service von der Mutter auf den Vater, aber es hatte keine positive Auswirkung auf meine Situation. Ich wusste nicht mehr, was ich tun sollte. Es vergingen Wochen und mittlerweile hatte ich mich damit abgefunden, denn Victor wollte mich anscheinend nicht mehr als Freundin.

Ich tröstete mich mit dem Gedanken, dass es viele verschmähte Lieb- und Freundschaften gab.

Mein erster Gedanke galt *Romeo & Julia*, eine tragische Geschichte. Nicht weniger traurig *Winnetou und Old Shatterhand*, die Blutsbrüderschaft, die mit dem Tod des

Apachenhäuptlings plötzlich zu Ende ging. *Sissi & Franz*, die österreichische Kaiserin, welche heimtückisch ermordet und dadurch das Herz von Kaiser Franz Joseph gebrochen wurde. *Willi & Biene Maja*, die bis heute noch kein Paar sind und Willi, der mit einer chronischen Emotionsmüdigkeit durch das Leben fliegt.

Traurig, sehr traurig! Ja, und jetzt auch *Anne & Victor*, es war zum Heulen.

So ging ich weiterhin täglich meinen Schulweg mit kurzem Zwischenstopp an der Kreuzung, in der Hoffnung, irgendwann wieder auf Victor ohne Security zu treffen. In der Tat, es kam der Tag, an welchem ich wieder einmal an der Kreuzung stand und Victor kam mir entgegen. Keine seiner *Begleiterscheinungen* konnte ich ausfindig machen. Ich musste die Chance ergreifen und ging direkt auf ihn zu. Doch Victor tat so, als wäre ich Luft. Er widmete mir keine Aufmerksamkeit und tat, als wäre ich überhaupt nicht da. Am Anfang gingen wir einfach nur nebeneinander her, ohne ein Wort zu sagen. So, wie ein Paar, das langsam wieder zueinander finden muss. Nach einiger Zeit konnte ich mich nicht mehr zurückhalten.

»Victor, hast du mir irgendetwas zu sagen?« Anscheinend nicht, denn diese Frage blieb auch nach einigen Minuten unbeantwortet, so, wie alle weiteren

Fragen. Victor schritt mit leichter Temposteigerung der Schule entgegen.

»Was habe ich dir getan?« Ich hatte bis zum heutigen Tag wirklich keine Ahnung, was der Auslöser für das Ende unserer Freundschaft gewesen war.

»Warum sprichst du nicht mit mir?« Keinen Laut konnte ich Victor entlocken. Ohne Antwort, ohne auch nur ein Wort, endete dieses erste Aufeinandertreffen nach so langer Zeit. Danach folgten wieder Security-Tage, das heißt, Victor wurde wie der amerikanische Präsident abgeschirmt. Keine Chance, an ihn heranzukommen. Kurz vor den Sommerferien gab es wieder eine Gelegenheit und dieses Mal ging ich nicht sehr behutsam vor. Ich empfand Wut und dies sollte Victor bei unserem unerwarteten Aufeinandertreffen zu spüren bekommen. Am Ort der Begegnung, die berühmte Kreuzung, an welcher wir uns so oft trafen und interessante Gespräche führten, an welcher das wärmende Gefühl der Freundschaft und Freude von Mal zu Mal intensiver wurde, herrschte jetzt Eiseskälte. Die Kälte der Ablehnung und der Frost der Ignoranz hatten Einzug gehalten. Zum Erfrieren. Jeder Eisbär hätte diesen Ort gemieden. Obwohl diese Tierart Kälte grundsätzlich liebt, könnte sich kein Eisbär der Welt mit dieser Herzenskälte anfreunden. Kein Lebewesen möchte dieser Kälte ausgesetzt werden, auch ich nicht. Ich nahm allen Mut zusammen und ergriff das Wort.

»So geht man mit Freunden nicht um, Victor! Erklär mir, was los ist! Warum willst du mich nicht mehr sehen?« Victor machte auf *Schweigen der Lämmer*. Am liebsten hätte ich ihm eine gedonnert. Ich trug richtige Wut in mir, daher schrie ich ihn an.

»Sprich mit mir, du Feigling! Ich kenne keinen größeren Feigling als dich. Du opferst unsere Freundschaft, nur weil es deine Mutter so will. Ich verstehe dich nicht. Ich habe dir nichts getan und du behandelst mich wie eine Aussätzige. Ich will dir doch helfen und dich begleiten. Verstehst du das nicht? Weißt du was Victor, ich werde dich nie wieder ansprechen. Mach, was du willst. Es tut mir leid, dass alles so zu Ende gehen muss, aber du willst es nicht anders. Ich werde aus deinem Leben verschwinden, für immer.«

Obwohl ich keine Antwort erhielt, fühlte ich mich erleichtert. Endlich konnte ich ihm alles sagen. Endlich konnte ich ihm meine Meinung sagen. Er sollte wissen, dass diese Umgangsform nicht in Ordnung ist und dass er mich verletzt hatte. Ab diesem Zeitpunkt war Victor für mich gestorben.

Ich hatte mit ihm abgeschlossen. Natürlich hätte ich noch gerne ein klärendes Gespräch gehabt, doch dazu gehören mindestens zwei Personen. Da Victor es nicht der Mühe wert fand, auch nur ein Wort zu sagen, fiel dieses Abschlussgespräch ersatzlos aus. Dann eben nicht.

Ich konnte mir keinen Vorwurf machen. Bei Gott, ich hatte alles versucht.

Die Sommerferien wurden eine *Victor-freie-Zeit*. Dies galt auch für den Herbst und schließlich wurde es Winter. Es war die Zeit vor Weihnachten. Victor liebte diese Zeit und er freute sich, wenn die Schneeflocken vom Himmel tanzten. Die weiße Schneedecke, die das Land bedeckte, machte alles ruhiger. Man hatte das Gefühl, dass der allgemeine Lärmpegel, aufgrund der Schneedecke, runtergedreht wurde. Besonders am Wochenende konnte man schon fast von einer wohltuenden Stille sprechen. Bei jedem Schritt auf frischgeschneiten Schnee entstand ein dumpfes, leises Knirschen - wunderschön. Und je fester man den Schritt setzte, desto besser konnte man dieses Geräusch hören. Auch diese Aktivität hatten Victor und ich früher zelebriert. Die Häuser waren prächtig mit Weihnachtsdekoration geschmückt. Tausende blinkende Lichter zierten die Vorgärten. Eine zauberhafte Weihnachtstimmung pur. Immer wieder musste ich an Victor denken, ich konnte ihn nicht ganz aus meinem Kopf verdrängen. Außerdem wusste ich, dass jedes Jahr zu Weihnachten seine Oma ihn besuchte. Oma gehörte zu Victors vertrauten Personen, sie wusste teilweise mehr als seine Mutter. Auch dieses Mal begrüßte ihn seine Oma mit einer herzlichen Umarmung. Da musste Victor durch, er wusste ja, was auf ihn zukommen würde. »Du bist groß geworden, Victor. Ich freue mich, dich zu sehen.«

Victors Augen strahlten vor Freude. Das Empfangskomitee inklusive Victors Eltern hatte Aufstellung genommen. Victors Oma war immer ein gern gesehener Gast bei den Schmidts, ganz besonders zu Weihnachten, wo mit einigen Geschenken zu rechnen war. Die Anreise erfolgte immer einen Tag vor Heiligabend. Es wurden die letzten Vorbereitungen für das Weihnachtsfest getroffen. Am Heiligen Abend schmückten Oma und Victor gemeinsam den Weihnachtsbaum, so wie jedes Jahr. Victors Mutter kümmerte sich um das Festmahl und Victors Vater war Mädchen für alles. Überall, wo Not am Mann war, sprang Victors Vater voller Tatendrang ein. Ja, dieses Ritual wurde jedes Jahr ganz gleich gestaltet und endete mit der Bescherung und einem köstlichen Abendessen. Victor fühlte sich in diesem Kreis seiner Liebsten wohl, somit konnte auch er das Weihnachtsfest genießen, einschließlich dem Singen von Stille Nacht, heilige Nacht. Victors Oma konnte wunderschön singen, es war ein Genuss, ihr zuzuhören. Da störte es auch nicht, wenn Victor seinen *kleinen Brummbären* rausließ.

Der Festtagsbraten wurde verspeist, das leckere Dessert mit Vanilleeis geschleckt und die Geschenke wurden ausgepackt. Ein Familienfest wie es besser nicht sein konnte. Nachdem die ganze Aufregung verflogen war, suchte Oma das Gespräch mit Victor. Sie wusste ja, dass er nur dann gerne redete, wenn er wirklich Lust dazu hatte und ihm das Thema interessant erschien.

»Wie geht es dir, Victor?«, fragte seine Oma.

»Danke gut, Oma.« Er antwortete sehr höflich, wie er es gelernt hatte.

»Was macht die Schule?«

»Es sind Ferien«, ja, auch für Oma galt, die Fragen an Victor mussten präzise gestellt werden.

»Macht dir das Lernen Freude?«

»Nicht immer. Es gibt Unterrichtsfächer, die interessieren mich sehr und andere wieder langweilen mich zu Tode.« Oma grinste über Victors wahrheitsgetreue Ausführung.

»Oma, soll ich dir ein Geheimnis erzählen?« Dabei flüsterte Victor. Zugleich nahm er seine Oma an der Hand und sie schlichen in sein Zimmer.

»Ich liebe Geheimnisse, Victor.« Auch Oma flüsterte nun, damit seine Eltern nichts davon mitbekamen. Victor ging zum Sekretär, nahm einen Schlüssel und kramte den schwarzen Koffer im Kleiderkasten hervor.

»Oh, ich bin schon sehr gespannt, ich kann es kaum erwarten!« Oma konnte ihre Neugier nicht mehr verbergen. Voller Interesse blickte sie zum Sekretär, wo bereits der Koffer zum Öffnen bereitstand.

»Sieh mal, Oma«, gleichzeitig öffnete Victor den schwarzen Koffer und die Schreibmaschine stand in vollem Glanz zur Begutachtung bereit.

»Mein Gott, Victor! Ist das eine schöne Schreibmaschine. Auf einer ähnlichen Maschine habe ich das Schreiben gelernt. Darf ich sie gleich ausprobieren?«

»Nein, auf keinen Fall, es ist keine gewöhnliche Schreibmaschine.«

»Das sehe ich Victor, sie ist bestimmt hundert Jahre alt.«

»Nicht nur das Alter ist besonders, sie birgt auch ein Geheimnis.«

»Was?« Oma konnte es nicht glauben.

»Diese Schreibmaschine kann Wünsche erfüllen.«

»Das ist doch nicht möglich!« Dabei trat Oma noch einen Schritt näher zur Schreibmaschine.

»Doch Oma, sie erfüllt Wünsche und manchmal macht sie auch *Pling*. Seit unserer Schullandwoche im Nationalpark hat sie jedoch kein einziges Mal mehr *Pling* gemacht.« Omas Interesse an der Schreibmaschine stieg von Sekunde zu Sekunde.

»Ja großartig, ich hätte da einige Wünsche.«

»Welche denn, Oma?«

»Tja, wo soll ich da anfangen?« Nach einem Moment der Stille fuhr sie fort. »Ich hab's. Ich möchte noch einmal zwanzig sein, noch einmal die Welt als junge Frau erleben, mich noch einmal in deinen Opa verlieben und mit einer jugendlichen Leichtigkeit durch das Leben tanzen.« Bei dieser Erzählung war Oma das Glück ins Gesicht geschrieben, als könnte sie diesen Moment tatsächlich nochmals erleben. »Einmal noch gemeinsam den Sonnenaufgang über den Bergen genießen. Mit jedem Atemzug Lebensfreude einatmen und vor Freude einen Luftsprung machen.« Jetzt griff sich Oma an den Rücken und machte ein schmerzverzerrtes Gesicht.

»Oma, wir dürfen die Schreibmaschine nicht überfordern.« Victor lächelte und Oma musste laut lachen.

»Victor, du Schlingel. Du hast recht.« Oma strich Victor über sein Haar. »Weißt du Victor, ich bin schon alt und ich erinnere mich gerne an schöne Momente zurück. An einsamen Tagen nehme ich mir ein altes Fotoalbum und schaue die Bilder aus meiner Vergangenheit an. Dein Opa hat sehr gerne fotografiert. Früher empfand ich diese ewige *Knipserei* als lästig, doch heute bin ich froh darüber. Diese unzähligen Fotos erinnern mich an unglaublich schöne Erlebnisse in meinem Leben. Für ganz kurze

Zeit gelingt es mir dann, etwas Freude zu spüren. Kannst du mich verstehen, Victor?«

»Nicht ganz Oma, aber das macht nichts. Ich höre deiner Erzählung gerne zu.« Oma lächelte Victor an.

»Das ist schön, wenn du mir zuhörst.«

»Pater Pierre hat gesagt, dass es manchmal genügt, einfach nur zuzuhören, ohne ein Wort zu sagen, dann hat die Person, in unserem Fall du, Oma, das Gefühl von Aufmerksamkeit und sie spürt, dass jemand für sie da ist.«

»Danke, Victor, du bist ein guter Junge. Ich kenne Pater Pierre, er ist ein sehr weiser Mann. Er hat absolut recht. Du gibst mir die Möglichkeit über mein Leben zu erzählen und in diesem Moment kann ich in Gedanken in die Vergangenheit reisen und mich über die Geschehnisse freuen. Weißt du, was das Tolle ist, Victor? Man erinnert sich zumeist nur an die schönen Augenblicke, viele negative Erlebnisse verdrängt man mit der Zeit und das ist gut so. Ich erinnere mich viel lieber an die schöne Zeit mit deinem Opa und nicht an den Tag, als er starb.«

»Warum ist Opa gestorben?«

»Sein Herz hat einfach aufgehört zu schlagen und seine Seele hat sich entschieden zu gehen. Es gab kein Anzeichen für einen plötzlichen Tod. Dein Opa war gesund und wir gingen am Abend zu Bett, so wie immer. Ich gab ihm einen Gute-Nacht-Kuss und wir schliefen ein. Am nächsten Morgen wurde er nicht mehr wach. Ich hatte nicht damit gerechnet und war sehr traurig.«

Jetzt wurde es für einen Moment still in Victors Zimmer. Auch Victor wurde nachdenklich. Bis dann nach einiger Zeit Oma wieder das Wort ergriff.

»Victor, wenn du erwachsen bist und eine Frau hast, gib ihr jeden Abend einen Gute-Nacht-Kuss, auch wenn ihr euch davor gestritten habt. Versöhnt euch und genießt diesen Augenblick, denn es könnte der letzte Kuss sein. Ich hätte mir niemals verziehen, wenn Opa im Streit hätte gehen müssen.«

In Victors Kopf begann es zu rattern, ein typisches Zeichen für seine Neugier.

»Oma, was meinst du mit *Opas Seele hat sich entschieden zu gehen*?«

»Unsere Seele ist immer mit dem Universum, man kann auch sagen mit einer höheren Quelle, ich sage gerne *Gott* dazu, verbunden. Vor unserer Geburt hat sich die Seele für dieses, also unser Leben entschieden. Die Seele weiß bereits jetzt, was geschehen wird und wann unser irdisches Leben zu Ende geht.«

Victor sah seine Oma zweifelnd an.

»Ich weiß, Victor, es ist nicht leicht zu verstehen, aber wenn man sich schon lange mit diesem Thema beschäftigt, so wie ich, wird es etwas klarer. Wenn man stirbt verlässt die Seele unseren Körper, die Seele bleibt am Leben. Die Seele ist mit der göttlichen ewigen Energie ausgestattet, sie kann niemals sterben.«

»Ich werde ewig weiterleben, Oma?«

»Ja, Victor.«

»Das will ich aber nicht. Ich will nicht ewig leben bis ich uralt und runzelig bin.« Jetzt musste Oma etwas grinsen.

»Deine Seele, Victor, deine Seele wird ewig weiterleben, nicht dein Körper.«

»Wann weiß man, wann man stirbt?«

»Wir wissen es nicht, Victor. Niemand von uns weiß, wann er stirbt. Unser Verstand hat keinen Zugriff auf dieses Wissen. Nur unsere Seele kennt den Plan. Ich könnte mir aber gut vorstellen, dass unsere Seele ganz kurz vor dem Tod ein Zeichen gibt.«

»So, wie kurz einmal hupen, bevor ein Auto in ein anderes kracht?«

»Guter Vergleich, Victor, so könnte es sein.«

»Oma, wenn du ein Zeichen von deiner Seele erhältst, dann gib mir Bescheid, ich möchte mich von dir verabschieden. Abgemacht?«

»Ja, das werde ich, versprochen.«

»Das heißt aber auch, dass Opas Seele im Himmel weiterlebt. Ich finde diesen Gedanken schön.«

»Klar, Victor, Opa wartet im Himmel auf uns, bis unsere Seele hier auf Erden den Auftrag erledigt hat, dann gibt es ein großes Wiedersehen.«

»Aber der Himmel ist doch weit weg.« Victor deutete nach oben. Oma lächelte Victor an.

»Wer weiß das schon so genau, Victor. Vielleicht ist der Himmel ganz nah und wir wissen es nicht. Ich stelle mir immer Folgendes vor:
Wenn ich mich nicht gut fühle, wenn nichts gelingt, wenn ich traurig bin, an diesen Tagen ist der Himmel sehr weit weg für mich. Aber an Tagen, an denen es mir richtig gut geht, wenn ich glücklich und fröhlich bin, so wie jetzt hier mit dir in deinem Zimmer, da ist für mich der Himmel ganz nah.« Victor lächelte und umarmte Oma, freiwillig. Ich glaube, er spürte in diesem Moment die Nähe des Himmels.

»Hast du Opa sehr geliebt?«, fragte Victor überraschenderweise.

»Ja, Opa war meine große Liebe. Liebe trägt dich durch das Leben, auch wenn dir dieses einige Hürden in den Weg stellt. Du hast die Gewissheit, dass jemand da ist, der dich liebt, dass jemand nach einem langen harten Arbeitstag zu Hause auf dich wartet und dich umarmt, wenn du nach Hause kommst. Liebe verzeiht. Liebe vereint. Liebe ist das Gegenteil von Hass. Liebe ist das Gegenteil von Neid. Liebe ist das Gegenteil von Krieg. Kurz gesagt, Liebe ist alles. Wer im Leben nie richtig geliebt hat, der hat das größte Geschenk auf Erden versäumt.« Faszinierend, wie positiv Omas Erzählung und ihre beruhigende Stimme auf Victor wirkte.

»Das hast du schön gesagt, Oma, obwohl ich manches erst als Erwachsener verstehen werde.«

»Das ist gut, Victor, alles zu seiner Zeit.« Dabei streichelte sie Victor wieder übers Haar.

»Oma, wie fühlt sich die Liebe an?«

»Das ist eine sehr gute Frage, Victor. Diese Frage ist gar nicht so leicht zu beantworten. Also, wenn man sich verliebt, dann spürt man so ein Kribbeln, als ob Schmetterlinge im Bauch wären.« Victor verzog das Gesicht, diese Antwort konnte er nicht genau einordnen.

»Meinst du so ein Gefühl im Bauch wie bei Blähungen?« Oma lachte lauthals. Victor schaute verdutzt, er war teilweise unberechenbar und er meinte diese Aussagen todernst.

»Nein, Victor, es ist ein angenehmes, schönes Gefühl, voller Freude, voller Hoffnung und Sehnsucht nach dieser Person. Wenn du es spürst, weißt du es - es ist Liebe.«

Nach einer längeren Gedankenpause übernahm Oma wieder das Kommando.

»Um nochmals auf deine Schreibmaschine zurückzukommen. Ich habe doch keine Wünsche. Mir geht es gut. Ich habe euch, ich bin gesund, was will ich mehr? Du wirst sicher jemanden finden, der dringender die Hilfe dieser Schreimaschine braucht.«

»Gut, Oma, denn die Schreibmaschine kann nur noch zwei Wünsche erfüllen.«

»Übrigens, wie geht es deiner Freundin? Wie hieß sie gleich?«

»Oma, diesen Namen darf ich nicht sagen.«

»Wieso denn nicht, Victor?«

»Mama hat es mir verboten. Ich darf keinen Kontakt zu ihr haben.«

»Das finde ich sehr schade. Ich werde mit deiner Mutter reden.«

»Lieber nicht, das gibt ordentlich Ärger.« Oma ging in die Küche zu Victors Mutter und stellte sie zur Rede.

»Warum darf Victor keinen Kontakt zu seiner Freundin haben?«

»Oma, das geht nicht, wir können das nicht mehr zulassen.«

»Das verstehe ich nicht, Claire. Victor hat sonst niemanden. Lasst ihm doch seine Freundin.«

»Wir haben auch mit Frau Professor Julia gesprochen. Wir wissen alle um Victors Eigenheiten, uns ist diese Entscheidung nicht leichtgefallen. Wir befürchten, dass der Kontakt mit Anne nicht den besten Einfluss auf Victor hat.«

»Mein Gott, Claire. Ich habe auch Bekanntschaften und Freunde, die ich gerne treffe und wer kann schon sagen, ob diese Personen auf Dauer einen positiven Einfluss haben.«

»Ja, Oma, unter normalen Umständen vielleicht, aber Victor verläuft sich in dieser Freundschaft und wird dann bitter enttäuscht. Das wollen wir mit allen Mitteln verhindern.«

»Ihr könnt nicht immer auf Victor aufpassen. Und er wird seine positiven Erfahrungen machen, doch es könnte natürlich auch einmal eine negative dabei sein. Lasst ihn doch sein eigenes Leben führen.«

»Das geht eben nicht. Und gerade du müsstest das wissen, Oma.« Oma schüttelte den Kopf.

»Ich verstehe euch nicht. Welche Gefahr soll schon von Anne ausgehen? Ich bin überzeugt, dass Victor sehr darunter leidet. Ich werde mit ihm darüber sprechen.«

»Du kannst es einfach nicht lassen«, entgegnete Claire.

»Nein, das kann ich nicht, denn es handelt sich schließlich um meinen Enkelsohn und ich will, dass es ihm gut geht, auch wenn er nicht ganz euren Vorstellungen entspricht.« Mit diesen Worten verließ Oma die Küche und begab sich wieder in Victors Zimmer.

»Victor, magst du mit mir reden?« Er hatte sich nämlich unter seiner Decke verkrochen. Nun streckte er seinen Kopf heraus.

»Über welches Thema?«

»Über Anne.«

»Lieber nicht, Oma.« Gleichzeitig verschwand sein Kopf wieder unter seiner Decke.

»Du kannst mit mir ganz offen reden, Victor. Fehlt dir der Kontakt zu Anne?«

Und es kam, wie schon so oft, keine Antwort. Oma setzte sich am Ende des Bettes hin und zupfte an der Decke.

»Ist jemand zu Hause?« Victor kam ganz langsam unter seiner Decke hervor.

»Ja, Anne fehlt mir. Aber ich darf nicht, wie du weißt.«

»Angenommen, du dürftest wieder Kontakt zu Anne haben. Würde dich das freuen?«

»Sicher, Oma.«

»Wie sieht Anne eigentlich aus?« Oma wurde neugierig.

»Sie ist etwas kleiner als ich, sie hat blaue Augen, lange blonde, fast schon goldene Haare und sie trägt eine Brille so wie ich.«

»Deiner Beschreibung nach ein sehr hübsches Mädchen, Victor. Wie ist Anne sonst so?«

»Nervig, wie halt Mädchen in diesem Alter sind. An manchen Tagen redet sie so viel, dass mir die Ohren weh tun. Meistens hängt sie wie eine Klette an mir.«

»Victor, das glaube ich dir nicht. Sie ist doch deine Freundin, daher hat sie bestimmt viele positive Eigenschaften.«

»Ja auch, zum Beispiel hat sie immer wieder verrückte Ideen. Sie ist spontan, bringt mich zum

Lachen und unterstützt mich in Sachen Schreibmaschine.«

»Bist du in Anne verliebt?«

»Du meinst das mit den Schmetterlingen. Nein, das habe ich nicht, bei mir sind es noch Raupen. Ich habe ihr aber schon einmal gesagt, dass ich sie heiraten werde. Nur zur Sicherheit, denn Anne ist doch etwas eifersüchtig.«

»Victor, Victor, du bist ein Schlawiner, du hast es faustdick hinter den Ohren. Hiermit erteile ich dir die Erlaubnis, dass du Anne wieder treffen darfst. Und ich werde mit deinen Eltern alles klären.« Victor strahlte über das ganze Gesicht und so kam es, dass Victor am ersten Tag nach den Weihnachtsferien an *unserer* Kreuzung wartete. Zu meiner Überraschung hatte er keine Informationen über eine Verspätung für mich.

»Anne, ich habe jetzt die Erlaubnis, wieder mit dir Kontakt zu haben.« Schweigen lag mir nicht, in dieser Sache war Victor um vieles besser.

»Klar, Victor Schmidt, jetzt bin ich wieder gut genug, oder was?«

»Ich hab auch Gummibärchen mitgebracht. Die sind von meiner Oma. Die magst du doch so gern?«

»Tut mir leid, Victor, ich bin nicht bestechlich, auch ich habe meinen Stolz und mit einer Tüte Gummibärchen kannst du nichts ungeschehen machen.«

»Du brauchst mich doch, Anne.« Jetzt wurde Victor wieder frech, aber das gefiel mir auch an ihm.

»Ja, ja, Victor, wer da wen braucht. Ich bin ganz gut ohne dich zurechtgekommen. Außerdem habe ich mich in der Zwischenzeit nach anderen Freunden umgesehen.« Victor rückte etwas verunsichert mit seiner John-Lennon-Brille hin und her.

»Dany und Pat stehen in der engeren Auswahl.« Wumms, ein Volltreffer! Victor machte große Augen, er musste anscheinend seine Gedanken sammeln. Nach einer kurzen Gedankenpause entgegnete er:

»Das glaube ich dir nicht, Anne. Du magst die beiden doch gar nicht.« Victor hatte natürlich recht, aber in dieser Situation sind mir nur die beiden Namen eingefallen.

»Du kennst mich doch nicht so gut, wie du immer geglaubt hast, lieber Victor.«

»Bitte, Anne, es tut mir leid, was geschehen ist.« Ich konnte es nicht glauben, Victor fand die richtigen Worte für eine Entschuldigung. Das war eine Premiere. Aber ich wollte ihn noch ein bisschen zappeln lassen.

»O.K., Victor, wir vereinbaren eine Freundschaft auf Probe. Das heißt, ich werde dein Verhalten in den nächsten drei Wochen ganz genau beobachten. Solltest du auch nur ansatzweise ein freundschaftsunwürdiges Verhalten an den Tag legen, dann war es das mit unserer Freundschaft, für immer und ewig. Hast du mich verstanden, Victor Schmidt?« Stille.

»Ich habe gefragt, ob du mich verstanden hast.« Victors Antwort kam etwas zögerlich.

»Ja, Anne, aber…«

»Kein Aber. Entweder so oder gar nicht. Dany und Pat warten schon auf mich, falls du mit dieser Probezeit nicht einverstanden bist.« Es war ein bisschen hart, aber Victor musste klar werden, dass jetzt viel auf dem Spiel stand und dass eine Freundschaft niemals ein Wegwerfprodukt, welches man jederzeit entsorgen kann, sein darf.

»Ja, ich bin einverstanden«, antwortete Victor etwas kleinlaut.

Anne & Victor wieder vereint nach so langer Zeit, wer hätte das gedacht!

Während unserer *Freundschafts-Abstinenz* hatte Victor neue Pläne geschmiedet, welche er mir nach dem Schulunterricht voller Stolz verkündete. Übrigens kehrte Victor nicht zu seinem gewohnten Sitzplatz in der Klasse zurück, er blieb auf seinem neuen Platz.

»Die Schreibmaschine wird nur noch zwei Wünsche erfüllen. Wir müssen ihren Einsatz daher sehr sorgsam überlegen. Also werden wir uns in Zukunft nicht auf die Schreibmaschine verlassen, sondern anderen Menschen tatkräftig in Eigeninitiative helfen.«

Wirklich große Worte eines Visionärs! Wie lange würde Victor seinen Plänen treu bleiben?

Dies bedeutete, dass er seine Scheu gegenüber fremden Menschen ablegen müsste, andernfalls könnte er ihnen keine Hilfe anbieten. Man durfte gespannt sein.

»Pater Pierre hat einmal ein Sprichwort gesagt: *Jeden Tag eine gute Tat.* Das wird unser neues Motto.«

»O.K., Victor, ich bin dabei. Von mir aus kann es losgehen.« Zugleich sah Victor, wie ein Schüler aus der zweiten Klasse, sein Name war mir gänzlich unbekannt, mit seinem Rollstuhl die Rampe Richtung Schuleingang hinaufkämpfte. Victor zögerte keine Sekunde. Er lief zu dem Schüler hin und schob den Rollstuhl bis zum Scheitelpunkt der Rampe, sodass dieser ohne Probleme weiterfahren konnte.

»Erledigt, erste Tat vollbracht!« Erstaunlich, wie Victor sich dieser Sache annahm. Es ging ihm tatsächlich um die Hilfeleistung, er verschwendete keine kostbare Zeit mit unnötigen Gedanken: *Soll ich oder soll ich es nicht machen? Kann ich das überhaupt? Wie wird diese fremde Person reagieren?* Nichts dergleichen. Victor legte einfach los - beeindruckend! Da konnte sich so mancher, inklusive mir, ein Beispiel nehmen. Er gewann immer mehr Freude daran, ein *Hilfsengel* zu sein. Am nächsten Tag beobachtete er eine ältere Frau, die mit zwei schweren Einkaufstaschen vor einem Supermarkt hin und her wankte. Victor rannte zu der Frau und nahm ihr die Taschen ab. Nicht nur das, er trug die Taschen bis zu ihrer Wohnungstür. Unglaublich, Victor half einer wildfremden Frau und ging bis zu ihrer Wohnung mit! Ich erkannte Victor kaum wieder. Eines Tages, es war Frühling, sagte Victor, dass er mir ein Mädchen vorstellen möchte. Also gingen wir zum Spielplatz neben der Schule. Victor deutete auf ein Mädchen mit langen braunen Haaren. Meiner Meinung nach war es drei oder vier Jahre jünger als wir. Es schaukelte auf der roten Schaukel und trug eine Sonnenbrille. Eigenartig, denn es war ein trüber Tag, also keine Spur von Sonnenstrahlen.

»Sie heißt Michelle.« Oh, Victor hatte schon Informationen eingeholt. Musste ich mir jetzt Sorgen machen? War Michelle seine neue Auserwählte? Meine Gedanken lagen wieder einmal ganz weit daneben, denn Michelle stieg von der Schaukel und ich bemerkte, dass sie blind oder in ihrer Sehkraft sehr eingeschränkt war. Victor wusste natürlich Bescheid.

»Sie hat eine Sehkraft von nur zehn Prozent und sie würde gerne in den Wald gehen.«

»Sag mal, woher weißt du das, Victor?«

»Ich habe ein Gespräch ihrer Mutter mit einer anderen Frau belauscht. Ihre Mutter meinte, dass der Wald für ein fast blindes Mädchen viel zu gefährlich sei.«

»Gut, Victor, da hat ihre Mutter nicht unrecht.«

»Wenn wir aufpassen und mit dem Mädchen auf die Waldlichtung gehen, du weißt schon, die mit den Bucheckern, dann kann doch nichts passieren.« Erstaunlich, welche Ideen Victor in sich trug.

»Victor, dann musst du mit ihrer Mutter sprechen und sie fragen, ob ihr das recht wäre.« Mit Sicherheit würde sich Victor nicht trauen, Michelles Mutter ansprechen. Falsch gedacht! Mein Gedanken-karussell lief noch auf Hochtouren, als Victor bereits auf dem Rückweg von Michelles Mutter war.

»Erledigt! Wir werden morgen um vierzehn Uhr mit Michelle in den Wald gehen.« Victor wurde mir mit der Zeit schon fast unheimlich, so kannte ich ihn nicht. »Ach ja?«, mehr fiel mir dazu nicht ein. Sprach hier schon die Eifersucht aus mir? Eifersüchtig auf Michelle? Eifersüchtig auf Victors mutiges Handeln? Anstatt sich darüber zu freuen, kam in mir ein bisschen Neid hoch. Doch warum eigentlich? Ich könnte doch jederzeit das Gleiche tun. Ich könnte doch auch so entschlossen vorangehen und Hilfe leisten. Schluss mit diesen dummen Gedanken! Meine Aufgabe lautete, Victor zu helfen, da gab es keinen Platz für *Zickenalarm* - Pasta!

Wie vereinbart, trafen wir uns am nächsten Tag um vierzehn Uhr am Spielplatz. Michelle und ihre Mutter warteten schon auf uns. Michelles Mutter hatte vollstes Vertrauen, sie stellte keine Fragen, sie knüpfte die Wanderschaft an keine Bedingungen. Im Gegenteil, sie freute sich, dass Michelle diesen Ausflug in den Wald unternehmen konnte. So starteten wir unseren Pilgerweg nach *Sankt Waldlichtung am Keinsee bei Großpfützing*. Wir wählten ein Schritttempo, welches für Michelle ein uneingeschränktes Gehen möglich machte. Ich war fasziniert, Michelle brauchte keine Gehhilfe oder Ähnliches. Nur bei nahenden Veränderungen im Gelände bat sie Victor um Hinweise. So hatte Michelle Zeit, sich auf die neuen Gegebenheiten einzustellen. Ein sehr fröhliches Mädchen trotz seiner Einschränkung, dachte ich mir. Michelle hatte sichtlich Freude an unserer Wanderung.

Sie erzählte uns, dass sie Tag und Nacht beziehungsweise hell und dunkel gut unterscheiden und Umrisse der Umgebung erkennen könne, und zehn Prozent Sehleistung in Ordnung seien. Welch starkes Mädchen, dachte ich mir. So gingen wir im Gänsemarsch zur Waldlichtung und es funktionierte gut, denn Victor nahm seine Rolle als Wanderführer sehr ernst.

»Gleich sind wir da, Michelle«, gab Victor den Hinweis für unsere baldige Ankunft.

»Großartig, ich kann den Wald schon riechen«, antwortet Michelle. Sie benutzte ihre verfügbaren Sinne, um sich ein Bild zu machen. Bei unserer Ankunft gab es ein Empfangskonzert der Vögel, die bereits aus dem Süden zurückgekommen waren. Michelle hatte die Fähigkeit trotz ihrer Einschränkung alles zu erkennen.

»Auf geht's zum Waldbaden!«, sagte Victor ohne Hemmung.

»Was ist das?« Eine berechtigte Frage von Michelle. Doch Victors Antwort kam prompt:

»Wir werden jede Gelegenheit nutzen, um die Zweige der Tannen zu streicheln und dann werden wir eine kräftige Buche für eine Umarmung suchen. Das wird toll, du wirst sehen!«

Michelle lachte und freute sich darauf. Vorsichtig brachte Victor Michelle zum ausgewählten Baum und gab ihr genug Zeit, sich zu platzieren, ehe er selbst zu seinem Baum ging.

»Eine wichtige Anweisung noch, man muss den Baum vorher um Erlaubnis fragen.«

Wie bitte? Geht's noch Victor? Erlaubnis wofür? Eine Erlaubnis, dass wir uns zum Affen machen dürfen? Hoffentlich sieht uns keiner! Verrückte Jugendliche, die an Bäumen hängen. Manch ungebetener Gast könnte durchaus glauben, dass wir auf Drogen sind und die geschossenen Beweisfotos würden mit Sicherheit sofort in allen sozialen Medien hochgeladen. Peinlich, peinlich! Victor und Michelle ließen sich sofort auf diese etwas befremdliche Situation ein, doch ich hatte große Probleme damit. Loslassen war gar nicht mein Ding. Victor ermahnte uns, alle seine Anweisungen zu befolgen, andernfalls könne er für nichts garantieren.

Hat er das alles aus seinen *klugen* Büchern? Na gut. So stand ich nun vor *meinem* Baum, verneigte mich und machte sicherheitshalber noch einen Hofknicks. Ich hatte doch keine Ahnung, wie man einen Baum begrüßt und ihn um Erlaubnis bittet. Welche Sprache spricht ein Baum eigentlich, *Baumisch*? Ich begann meine Konversation mit Konzentration und Ehrfurcht. »*Lieber Baum!*« Diese Einleitung konnte nicht falsch sein. »*Weil wir uns grad so gegenüberstehen, so von Auge zu Astloch, und du normalerweise eh nur so rumstehst, würde ich dich doch sehr gerne um Erlaubnis bitten, dass ich dich umarmen darf. Wenn du mir noch ein bisschen von deiner überschüssigen Energie geben könntest, wäre ich dir sehr dankbar. Sag mir bitte, wann es los geht.*« Ich wartete noch einen Moment, dann antwortete der Baum mit tiefer Stimme und ganz langsam: »*Hey...Mädl..., halt... inne... und ...nimm...mich...ordentlich...in...den...Arm...oder... willst...du...hier...Wurzeln...schlagen...*

Ha... Ha... Ha...
So... ne... hübsche... Lady... hatte... ich... die... letzten...
zweihundert... Jahre... nicht.«

Ah, dachte ich mir, ein Baum mit deutschem Akzent. Ich passte meine Sprechgeschwindigkeit an: *»Ha... Ha... Ha... du... Witzbold... du!... Halt... dich... gut... fest,... ich... werde... dir... jetzt... unter... die Äste... greifen... Hoffentlich... bist... du... nicht... kitzlig ... Ha... Ha... Ha...«*

Meine Fantasie spielte mir einen Streich. Natürlich sprach der Baum kein Wort mit mir. Daher wusste ich auch nicht, ob er mit meinem Kuscheln einverstanden war. Langsam näherte ich mich dem Baum, bis ich ihn mit beiden Armen umfasst hatte. Im Zweifelsfall könnte er mir mit dem Ast eine schnalzen, wenn ihm meine Nähe nicht gefällt.

»Spürst du diese Energie des Baumes?« Richtete Victor diese Frage jetzt an mich oder an Michelle? Michelle kam mir mit ihrer Antwort zuvor.

»Ja, Victor, es fühlt sich großartig an!« Bei mir dauerte es etwas länger, bis der Energieschub des Baumes ankam, aber mit Verspätung spürte ich doch ein leichtes Kribbeln in den Händen. Sehr interessant, Victor konnte beherzt Bäume umarmen was das Zeug hielt, denn es waren Bäume und keine Menschen. Je länger die *Baumkuschelaktion* dauerte, desto wohler fühlte ich mich. Tatsächlich hatte ich es geschafft, mich auf diesen Kuschelkurs einzulassen und mittlerweile war es mir herzlich egal, ob wir morgen am Titelblatt der Tageszeitung landen würden. An diesem Nachmittag streichelten wir unzählige Äste der Bäume und umarmten ziemlich alte und kräftige Buchen. Mit jedem Atemzug holten wir uns die frische Luft des Waldes in unseren Körper. Danach setzten wir uns auf die Bank, auf welcher Victor mir den berühmten Heiratsantrag gemacht hatte, und plauderten über Gott und die Welt. Und ich müsste mich gewaltig getäuscht haben, wenn Michelle keinen Gefallen an diesem Ausflug fand. Sie erzählte von besonderen Erfahrungen mit ihrer Krankheit, aber auch, dass sie mit ein bisschen Unterstützung den Alltag gut meistern könne. Eine Anekdote musste Michelle noch loswerden. Eine Frau hätte ihr nämlich gesagt, nachdem sie bei Rot über eine Fußgängerkreuzung gegangen war: »Man muss doch blind sein, wenn man bei Rot über die Kreuzung geht.« Und diese Behauptung beantwortete Michelle mit: »Das bin ich auch!« Wir konnten uns das Lachen nicht verkneifen. Michelle hatte ein so ansteckendes Lachen - phänomenal.

Dieser Nachmittag hatte uns allen gutgetan. Die Begegnung mit der lebensfrohen Michelle lehrte uns, etwas zufriedener und dankbarer zu sein und dass man auf keinen Fall auf den Humor vergessen darf. Schön, dass es solche besonderen Erlebnisse gab.

Auf dem Nachhauseweg beschloss Victor, dass er Waldspaziergänge für Kinder organisieren möchte.

Keine Ahnung, woher Victors Unternehmergeist plötzlich herkam. Ich fand diese Idee nicht so prickelnd, aber auf meine Befindlichkeiten nahm Victor sowieso keine Rücksicht. Merke, Anne, vor einer zukünftigen Verehelichung mit Victor Schmidt muss man diesen Punkt dringlichst besprechen. Wenn sich Victor etwas in den Kopf gesetzt hatte, dann war das so - Punkt! Tatsächlich, jeden Mittwoch - aber nur bei Schönwetter - wanderte eine Gruppe Kinder mit erwachsenen Aufsichtspersonen in den Wald. Victor wusste, dass er rechtliche Grundlagen einhalten musste, daher fanden diese Ausflüge nur in Begleitung von Erwachsenen statt. Michelles Mutter begleitete uns regelmäßig. Victor hatte auch Frau Professor Julia zum Wandern überredet. Er entwickelte immer mehr sein Organisationstalent. Schritt für Schritt legte Victor seine Unsicherheit ab, kein Vergleich mehr zum schüchternen, zurückhaltenden und teilweise ängstlichen Victor von früher. Sein ganzes Verhalten veränderte sich um 180 Grad. Er erklärte allen TeilnehmerInnen, wie wichtig der Schutz der Wälder sei. Er erzählte Fakten über Bäume, Sträucher, Gräser etc., welche ich noch nie im Biologieunterricht gehört hatte. Die Kinder liebten diese informativen und extrem lustigen Ausflüge, denn Victor ließ sich immer wieder neue Spiele einfallen. Auch die Eltern unterstützten diese Aktionen sehr gerne, denn die Kinder waren in der Natur unterwegs, sie machten Bewegung und saßen somit nicht ständig vor dem Computer, der Playstation oder dem Fernseher. Ja, Victors Veranstaltungen hatten Erfolg. Seine Eltern waren sehr stolz, dass er aktiv und nicht mehr so zurückgezogen war. Trotz seiner kleinen Macken, welche man kaum mehr bemerkte, leistete er vorbildliche Arbeit. Man musste Victor schon sehr gut kennen, um diese Eigenheiten zu sehen. Gut, die Themen Lärm und Nähe waren schon noch präsent, aber eben nur für seine vertrauten Personen sichtbar. Victors größter Fan war seine Oma, ihre Augen strahlten, wenn er von seinen Wanderungen erzählte. Oma wusste genau, dass ihm diese Normalität sehr guttat und der Umgang mit den Menschen ein Segen war. Und durch ihre Fürsprache waren Victor und ich wieder vereint.

Doch Victors größten Triumph konnte seine Oma nicht mehr erleben. Ungefähr zwei Jahre nach der Wiedervereinigung von Victor & mir sandte ihm seine Oma ein Zeichen, welches vereinbart war, wenn sich ihre Seele verabschieden möchte. Ich weiß bis heute nicht, um welches Zeichen es sich handelte. Victors Oma hatte einen schweren Schlaganfall erlitten und lag im Krankenhaus. Die Ärzte machten der Familie Schmidt keine großen Hoffnungen und es sah danach aus, als ob Oma nicht mehr wach werden würde. Victor war am Boden zerstört.

»Sie hat doch versprochen, dass ich mich von ihr verabschieden kann!«, brüllte Victor in seinem Zimmer. Zu spät, auch seine Eltern konnten ihm keine besseren Nachrichten überbringen.

Ich konnte Victors Verzweiflung gut verstehen. Generell konnte er es nicht leiden, wenn man Versprechungen nicht einhielt. In diesem Fall ging es um seine geliebte Oma. Voller Wut kramte Victor seine Schreibmaschine hervor, denn er wusste, er hatte noch zwei Wünsche frei. In Rekordzeit spannte er ein Blatt Papier ein und schrieb auf der Tastatur - *Oma soll wieder gesund werden*. Nach dem zweiten Anschlag habe ich schon bemerkt, dass die Maschine keinen Buchstaben schrieb. Das war kein gutes Zeichen - die Maschine hatte den Wunsch nicht akzeptiert. Victor versuchte es ein zweites Mal, doch wieder stand nichts auf dem Blatt Papier.

Victors Weinen war voller Verzweiflung und Wut. Er sank zu Boden. Kurz darauf sprang er auf und schrie die Schreibmaschine an: »Du Drecksding, deine Stunde hat jetzt auch geschlagen!« So wütend hatte ich Victor noch nie erlebt. Er öffnete das Fenster, nahm die Schreibmaschine und wollte sie in hohem Bogen aus dem Fenster werfen.

»Tu das nicht, Victor«, sagte ich ganz ruhig und leise.

»Was? Halte dich da raus!«, lautete seine forsche Antwort in einer Lautstärke, welche man noch drei Häuser weiter hören konnte.

Ganz ruhig wiederholte ich meine Worte noch einmal. »Victor, tu das nicht. Deine Oma wäre sehr traurig, wenn du das tust.«

Victor kam zur Vernunft und stellte die Schreibmaschine zurück auf den Sekretär, er schloss das Fenster und setze sich mit dem Rücken zur Wand auf den Boden. Victors Hamster war auch total durch den Wind und lief wie verrückt im Käfig hin und her.

»Victor, was hat deine Oma zu dir gesagt?«

»Dass sie mir ein Zeichen schickt, damit ich mich von ihr verabschieden kann.«

»Das kann noch immer funktionieren. Du musst nur den richtigen Wunsch in die Maschine tippen.« Nach einiger Zeit der Stille, richtete sich Victor wieder auf und setzte sich vor die Schreibmaschine.

»Jetzt verstehe ich Anne. Omas Seele hat sich schon für den Abschied entschieden und diesen Entschluss kann man nicht mehr rückgängig machen und schon gar nicht eine Schreibmaschine.«

»Richtig, Victor, genauso ist es.« Victor überlegte kurz und dann schrieb er auf der Schreibmaschine - *Oma soll nochmals wach werden*. Und dieses Mal konnte man den Wunsch perfekt schwarz auf weiß lesen. »Die Maschine hat den Wunsch akzeptiert, Anne!«

»Ja, ich sehe es.« Es dauerte keine zehn Minuten, bis das Telefon der Schmidts läutete. Victors Mutter schrie im Stiegenhaus: »Victor, komm schnell, wir fahren in das Krankenhaus! Oma ist aufgewacht!« Sein Vater fuhr im Höllentempo die zwanzig Kilometer ins Krankenhaus und alle rannten in Höchstgeschwindigkeit zum Krankenzimmer. Ein Arzt deutete, dass sich alle einbremsen und in Ruhe das Zimmer betreten sollten. Ruhig und gesittet gingen alle in das Krankenzimmer, doch zum Schrecken aller hatte Oma die Augen geschlossen. Aber als Victors Mutter Claire ihre Hand berührte, öffnete sie die Augen. Eine übersinnliche Ruhe erfüllte das Zimmer. Oma lächelte und sagte ganz leise: »Es ist soweit.« Alle wussten, was gemeint war. Victor wollte noch die ganze Geschichte mit dem Wunsch erzählen, aber nach ein paar Sätzen sagte seine Oma mit schwacher Stimme:

»Ich weiß alles, Victor, du brauchst mir nichts zu erzählen.«

»Oma, kannst du bitte noch bleiben?« Omas Antwort kam ganz leise, fast schon gehaucht.

»Nein, Opa wartet schon auf mich, er wird mich abholen.« Oma schloss ihre Augen.

Handelte es sich um eine optische Täuschung oder sah ich tatsächlich einen Goldzahn, als Oma lächelte.

Wo hatte ich diese Art von Zahn schon einmal gesehen? Und im gleichen Moment war der Goldzahn nicht mehr sichtbar. Seltsame Dinge ereigneten sich in diesem Zimmer.

Victor stand ganz nah neben dem Krankenbett und hielt die Hand seiner Oma. Mutter Claire begann zu beten. Noch einmal öffnete Oma für einen kurzen Moment ihre Augen und sie sagte ganz leise zu Victor, nur er konnte diese Worte hören:

»Ein hübsches Mädchen, deine Anne, schade, dass ich sie erst heute gesehen habe.«

Danach schlief Oma für immer ein und ihre Seele trat die Reise ins göttliche Reich an.

Ein sehr bewegender Moment, den wir erleben durften. Die tiefe Traurigkeit wurde bald von Dankbarkeit abgelöst, denn alle konnten sich tatsächlich noch von Oma verabschieden.

Gute Reise, geliebte Oma!

Die Ereignisse um den Tod seiner Oma wirbelten Victors Gefühlswelt heftig durcheinander. Er zog sich zurück und fiel wieder in sein altes Verhaltensmuster zurück. Victors Offenheit, über welche sich seine Oma so gefreut hatte, war gleichzeitig mit ihrem Tod verschwunden. Seine Eltern und auch ich fanden das gar nicht gut und machten uns große Sorgen. Pater Pierre bat Victors

Eltern zum Gespräch, damit das Begräbnis nach Omas Wünschen gestaltet werden konnte.

Bei dieser Besprechung erwähnte Victors Mutter Claire diese auffällige Verhaltensänderung. Pater Pierre versprach, bei nächster Gelegenheit mit Victor zu reden. Drei Tage danach fand das würdige Requiem für Oma statt. Ihr Leichnam wurde in einem schlichten Holzsarg vor dem Altar aufgebahrt, somit konnte sich jeder der Trauergäste von ihr verabschieden. »Es ist kein Abschied für immer, sie ist uns nur vorausgegangen, um am himmlischen Festmahl der Auferstehung teilzunehmen. Wir erinnern uns an eine sehr fröhliche und bescheidene Frau und an viele schöne Momente, die wir mit ihr erleben durften. Sie war für uns ein Vorbild, so wie sie ihren Glauben lebte, in fester Überzeugung, dass Gott für sie eine Wohnung im Himmel bereithält.« Wunderschöne und tröstende Worte, die Pater Pierre bei der heiligen Messe für Oma sprach. Kein Wunder, dass viele Personen der Trauergemeinde weinten. Außer Victor, keine einzige Träne vergoss er bei dieser Trauerfeier. Ich war verwundert. Victor starrte nur auf den Sarg, teilweise hatte ich das Gefühl, dass er geistig abwesend war. Allzu gern hätte ich seine Gedanken gelesen, um sein Verhalten zu verstehen. Nur bei Mozarts Ave-Maria, gesungen vom Domchor, wendete er seine Augen vom Sarg ab. Auch dieses Werk Mozarts kannte Victor bestens.

Nach dem feierlichen Schlusssegen verließen alle die Kirche und der Sarg wurde auf den Friedhof getragen. Ich fragte Victor, ob er seine Oma nicht auf den Friedhof begleiten will, denn er saß als einziger wie versteinert auf seinem Platz. Ich wartete einige Minuten auf seine Antwort.

»Oma ist hier bei uns, hier in der Kirche. Nur ihr Körper wird auf den Friedhof getragen. Ihre Seele ist immer in meiner Nähe.« Dieser Aussage konnte ich nichts hinzufügen. Victor blieb sehr lange in der Kirche sitzen. Von hinten hörte man Schritte näher kommen und auf Höhe von Victors Sitzbank erklang eine wohlbekannte Stimme.

»Victor, darf ich mich setzen?«, fragte Pater Pierre. Mein Respekt gegenüber Pater Pierre hatte sich nie verändert, daher lauschte ich gespannt seinen Worten. Victor nickte und Pater Pierre nahm Platz. Einige Minuten verweilten alle in Stille, kein Wort erschallte im Hause Gottes, bis Pater Pierre das Wort ergriff.

»Victor, was würde deine Oma sagen, wenn sie uns hier sehen könnte?«

»Sie kann uns sehen Pater, ihre Seele ist noch hier.«

»Das ist schön. Dann gibt es keinen Grund, traurig zu sein.«

»Doch.«

»Welchen Grund gibt es, Victor?«

»Sie haben in der Predigt so lobende Worte für meine Oma gefunden. Doch was wird man einmal über mich sagen? *Victor Schmidt, er war sehr bemüht, hat aber nichts zu Stande gebracht. Er war ein selbstverliebter Träumer und Taugenichts. Diese Worte verhallen in der leeren Kirche, denn er hatte weder Familie noch Freunde. Herr, erbarme dich seiner armen Seele.*«

Diese Worte eines Sechzehnjährigen schockierten nicht nur Pater Pierre, sondern auch mich.

»Victor, wie kannst du so etwas sagen?«, gleichzeitig nahm Pater Pierre seine Hand.

»Du bist ein großartiger Junge, das hat dir bestimmt auch deine Oma gesagt. Du bist intelligent und in deinen jungen Jahren steht dir die ganze Welt offen.«

»Pater, es hilft mir nicht, wenn die ganze Welt offensteht und ich nicht weiß, was ich tun soll. Ich habe keine Ahnung, wie mein nächster Schritt auf dem Weg in die weite Welt aussehen soll.«

Ich wollte auf keinen Fall den Teufel an die Wand malen, schon gar nicht im Hause Gottes, aber das klang fast depressiv. Hatte Victor schon mit sechzehn eine Depression?

»Victor, das ist ganz normal in deinem Alter. Auch ich wusste mit sechzehn noch nicht, dass ich irgendwann Priester sein werde. Der Ruf Gottes kam viel später. Kannst du dich noch an unser Gespräch über deine Schreibmaschine hier in der Kirche erinnern?«

»Ja, das kann ich.«

»Du hast mir damals gesagt, dass es dir besonders viel Freude macht, anderen Menschen zu helfen. Ist das heute auch noch so?«

»Ich weiß nicht, Pater?«

»In jungen Jahren kann man auch einiges ausprobieren. Wenn man sich für eine berufliche Richtung entscheidet und in zwei Jahren doch keinen Gefallen daran hat, dann ist das kein Weltuntergang. Diese Zeit ist nicht verloren, sondern man hat seine Erfahrungen gemacht und durfte einiges dazulernen. Du wirst in deinem ganzen Leben solche Erfahrungen sammeln. Du wirst immer einen neuen passenden Weg finden. Das Wichtigste ist die Freude am Tun. Und außerdem passt jede Sekunde deines Lebens jemand von oben auf dich auf.«

»Oma?«

»Ja, auch deine Oma.« Dabei lächelte Pater Pierre und blickte kurz auf das Kreuz Jesu Christi.

»Victor, ich möchte ein neues Projekt starten und ich würde mich sehr freuen, wenn du mich unterstützen könntest.« Victor wurde neugierig und fragte sehr vorsichtig.

»Welches Projekt?«

»Ich nenne das Projekt *Jugend hilft*. Ich stelle mir das so vor«, begann Pater Pierre zu erklären,

»Interessierte Jugendliche helfen älteren Menschen im Alltag. Einkaufen gehen, im Sommer Rasenmähen, im Winter Schneeschaufeln, Unterstützung bei Amtswegen, Hilfestellungen im Umgang mit Handys und Computern, Lese- und Spielenachmittage, vielleicht sogar gemeinsames Singen und Beten. Victor, was hältst du davon?«

»Ich finde die Idee gut und ich möchte Sie gerne unterstützen. Aber aus Rücksicht auf meine Umwelt werde ich das Singen auslassen.« Victor grinste und Pater Pierre wusste, was gemeint war, denn Victors talentfreie Gesangskünste hatten schon lange die Runde gemacht.

»Ich freue mich, dass du mich unterstützt. *Jugend hilft* - gibt uns die Möglichkeit, anderen zu helfen und in der Freizeit eine sinnhafte Tätigkeit auszuüben.« Pater Pierre hatte recht, die Freude und den Sinn im Tun zu sehen ist enorm wichtig. Zu wissen, dass meine Arbeit Sinn macht und ich gleichzeitig Freude daran habe, macht jede Diskussion über Nachhaltigkeit überflüssig. Dieses Gespräch mit Pater Pierre gab Victor wieder diesen Sinn zurück. Er hatte wieder eine Vision, einen Plan und ein Ziel vor Augen.

Da schon einige Zeit seit Ende der Trauerfeier vergangen war, wollte auch Victor das Haus Gottes nun verlassen.

Als hätte man einen Schalter umgelegt, begann Victor intensiv und voller Elan Jugendliche zu rekrutieren, denn das Projekt *Jugend hilft* brauchte dringend helfende Hände. Am Anfang fanden nur vereinzelt Jugendliche Gefallen an diesem neuen Projekt, aber mit der Zeit wurden es immer mehr. Pater Pierre gefiel die Art, wie Victor an die Sache heranging, sein Enthusiasmus sprang wie ein Funke auf alle anderen über. Schon nach vier Monaten nahm Pater Pierre Victor zur Seite und sagte:

»Victor, ich freue mich sehr, mit welchem Einsatz du im Projekt *Jugend hilft* tätig bist. Und heute wird dir eine spezielle Aufgabe zuteil.« Die Spannung stand Victor ins Gesicht geschrieben, er wusste nicht, was Pater Pierre vorhatte. Pater Pierre versammelte alle Mitglieder des Projekts. Zu diesem Zeitpunkt wirkten bestimmt schon ungefähr zwanzig Personen mit, darunter auch vier Erwachsene.

»Ich möchte euch etwas verkünden. Zuerst danke ich euch für eure tolle Mitarbeit, wir haben gemeinsam einen großartigen Start hingelegt. Ich bin stolz auf euch! Jetzt möchte ich euch den neuen Jugendleiter des Projekts *Jugend hilft* vorstellen. Applaus für Victor Schmidt!« Applaus setzte ein und Victor fiel aus allen Wolken. Damit hatte er nicht gerechnet. Kurz begann er sein rechtes Handgelenk zu drehen, doch Pater Pierre hatte ein waches Auge und legte seine Hand auf Victors Schulter und sogleich beruhigte sich Victors Gemützustand.

»Viel Erfolg, Victor, du wirst das perfekt machen.« Mit diesen Worten beendete Pater Pierre die Kundgebung. Victor war nicht ganz wohl bei dem Gedanken, Jugendleiter zu sein und er suchte das Gespräch mit Pater Pierre.

»Pater, danke, dass Sie mir Ihr Vertrauen schenken, aber ich weiß nicht, ob ich das schaffe.« Wie vermutet behielt Victors Unsicherheit die Oberhand. Pater Pierre versuchte, ihn zu beruhigen.

»Victor, mach dir keine Sorgen, du schaffst das, ich weiß das!«

»Woher wissen Sie das, Pater? Ich habe bis zum heutigen Tag noch nie etwas zustande gebracht oder zu einem erfolgreichen Ende geführt.«

»Victor, wenn du etwas wirklich willst, dann wirst du es auch schaffen. Da bin ich mir ganz sicher. Willst du die Aufgabe des Jugendleiters übernehmen?«

»Ja, schon, aber…«

»Siehst du, Victor, es beginnt schon mit der Beantwortung dieser Frage. Wenn du die Aufgabe übernehmen willst, dann musst du die Frage mit einem kräftigen JA beantworten und nicht mit *JA, aber*. Ein kräftiges und sicheres JA bedeutet: JA, ich will diese Tätigkeit ausüben, es macht mir Freude, es zu tun. JA, ich werde alle meine Fähigkeiten und mein Wissen dafür einsetzen. JA, ich bin bereit und es kann losgehen.« Pater Pierre könnte durchaus als Motivator auftreten. »Also, Victor, ich frage dich nochmals. Willst du die Aufgaben des Jugendleiters übernehmen?« Diesmal kam von Victor ein sattes und lautes »JA!«

»Bravo, Victor! Genau so soll es sein. Weißt du, Victor, du hast doch schon früher Hilfe für andere organisiert und jetzt machst du es eben für unser Projekt *Jugend hilft*. Du kannst das doch, ich weiß es. Wir werden alles gemeinsam besprechen und ich bin mit Rat und Tat immer für dich da. Gemeinsam schaffen wir alles.« Victors Gesichtsausdruck verwandelte sich in sehr freundliche Züge. Pater Pierre klopfte ihm motivierend auf die Schulter. »Ich möchte dir noch etwas erzählen, Victor. In der Bibel gibt es die Stelle: *Was der Mensch sät, das wird er ernten.* Im Weltlichen spricht man gerne vom Gesetz der Anziehung. Egal, wie man es nennt, wichtig ist zu wissen, alles was du aussendest, das kommt auch zu dir zurück. Wenn ich schon am Morgen daran denke, dass es ein schlechter Tag wird, was wird dann passieren? Wenn ich schon im Vorhinein sage, dass ich etwas nicht schaffe, was wird dann passieren? Wenn ich krank bin und daran denke, dass es mir immer schlechter geht, was wird dann passieren?

Am Anfang, an der Ausgangsposition, macht der Glaube den Unterschied!

Im Weltlichen redet man von der Einstellung am Ausgangspunkt - der Zauber des Anfangs. Beides ist richtig!

Wenn ich fest daran glaube und ich überzeugt bin, dass ich etwas schaffe, dann werde ich es auch schaffen. Wenn ich jeden Tag daran denke, gesund zu werden, wird mich die Krankheit nicht für immer an das Bett fesseln können. Egal, was ich im Leben tue, die richtige Einstellung und der Glaube daran sind die entscheidenden Faktoren. Dieses positive Denken und dieses positive Gefühl werden mich zum Erfolg führen. Nur dann bin ich auch bereit, alles für das Erreichen meines Ziels zu tun. Das Wissen, dass ich es schaffen kann, ist der beste Motivator.«

Victor hing an den Lippen von Pater Pierre und lauschte aufmerksam, um nur keine Silbe zu verpassen.

»Pater, wenn ich genau mit dieser positiven Einstellung den Weg zu meinem Ziel starte, wann werde ich am Ziel sein? Wann werde ich mein Ziel erreichen?«

»Victor, das ist eine interessante Frage, die man nicht generell beantworten kann. Ich würde sagen, wenn du alles für dieses Ziel tust, dann wirst du es erreichen. Keiner kann dir den genauen Zeitpunkt, die Sekunde, die Minute, die Stunde, den Tag oder den Monat sagen. Aber du wirst dieses Ziel erreichen, ganz gewiss. Und es wird dann geschehen, wenn für dich der richtige Zeitpunkt ist - wenn die Zeit reif ist.«

»Wenn ich aber zwischendurch an der Sache zweifle, denn niemand wird vom ersten Schritt des Weges bis zum Ziel immer positiv motiviert sein, was kann ich dann tun?«

»Du hast recht, Victor, diese kleinen *Stationen des Zweifelns* hat jeder. Diese kurzen Rückschläge, umgangssprachlich nennt man sie auch *Durchhänger*, sind vielleicht eine gute Gelegenheit darüber nachzudenken, wie man unterwegs ist. Was hat auf dem bisherigen Weg gut funktioniert, was ist noch nicht so gut gelaufen? Ich finde diese Momente sind extrem wichtig und auch nützlich. Man kann daraus seine Lehren ziehen und das bringt dir im weiteren Prozess enorm viel.

Wenn man diese Phase überwunden hat, kann man bei einer nächsten ähnlichen Situation zurückblicken und sagen, ich habe schon einmal so eine Phase gemeistert und ich werde auch diese schaffen. Es stärkt dich sogar auf deinem weiteren Weg.

Vielleicht ist es auch ein guter Zeitpunkt darüber nachzudenken, ob ich dieses Ziel überhaupt noch erreichen will? Ist es noch mein absoluter Wunsch, es zu schaffen?

Wenn die Motivation sehr niedrig ist, wäre ein weiterer Punkt hilfreich. Man stellt sich geistig vor, schon am Ziel zu sein, auch wenn es tatsächlich gar nicht der Fall ist.

Man versetzt sich in diese Situation des Zieleinlaufs. Wie fühlt es sich an? Welche positiven Gefühle kommen hoch? Ich setze alle meine Sinne ein, um mir die Ankunft im Ziel vorzustellen. Es könnte sein, dass diese geistige Vorstellung das Ziel noch attraktiver macht.

Nach diesem kurzen Halt kann man die nächste Etappe des Weges beginnen, denn der Weg zum Ziel beinhaltet einige Etappen.«

»Danke für diese aufschlussreichen Informationen, Pater. Ich bin mir nicht sicher, ob ich alles richtig verstanden habe.«

»Sehr gerne, Victor. Es waren viele Informationen, du kannst mich aber immer fragen, wenn du etwas wissen willst. Ich freue mich auf eine gute Zusammenarbeit. Du bist ein Vorbild für viele andere Jugendliche. Geh voran, Victor!«

»Ich freue mich auch«, antwortete Victor mit strahlendem Gesicht.

Zum ersten Mal gab man Victor Verantwortung und auch Vertrauen, dass er dieser Position entsprechen wird. Niemals zuvor erhielt er diese Aufmerksamkeit - ein neues, aber nicht unangenehmes Gefühl. Victor wurde ermutigt voranzugehen und beispielhafte Werke in diesem neuen Projekt zu vollbringen.

Pater Pierre verließ nun die Kirche und Victor war sichtlich begeistert und hatte einiges dazugelernt, um seinen Weg als Jugendleiter des Projekts erfolgreich beschreiten zu können.

Schon nach kurzer Zeit präsentierte Victor seine neuen Pläne bei einem Gespräch mit Pater Pierre.
Pater Pierre merkte bereits, dass Victor sehr ungeduldig war und unbedingt alles loswerden wollte.

»Victor, erzähl mir deine Pläne!«

»Pater, was halten Sie davon, wenn wir ein Fest organisieren? Bei diesem Fest stellen wir unsere Organisation *Jugend hilft* vor. Die Öffentlichkeit soll wissen, was wir tun und es wäre eine gute Gelegenheit, Sponsoren zu gewinnen. Diese Firmen könnten unsere Partner werden und eventuell Ausflüge oder Anschaffungen finanzieren. Ich meine Investitionen, die sich bedürftige Menschen nicht leisten können. *Jugend hilft* soll für alle Menschen da sein, die Hilfe brauchen. Ob es ältere oder auch jüngere Menschen sind, das spielt keine Rolle.«

Pater Pierre war sichtlich beeindruckt. Victor hatte die Fähigkeit andere zu begeistern, er war sich seiner Sache ganz sicher.

»Großartig Victor, das ist eine tolle Idee! Was sollten wir den Besuchern unseres Festes bieten?«

Auch hier hatte Victor seine genauen Vorstellungen.

»Wir werden Getränke und Grillspezialitäten anbieten und zu erschwinglichen Preisen verkaufen. Finanziell schwache Personen aus unserer Gemeinde erhalten mit der Einladung einen Gutschein, damit sie sich etwas kaufen können. Niemand darf ausgeschlossen werden und schon gar nicht arme Menschen. Für die Getränke habe ich bereits einen Sponsor, *Getränke Kurt.* Der Geschäftsführer ist Deutscher und ein Freund meines Vaters. Eine Versicherungsgesellschaft wird eine Hüpfburg für die Kinder zur Verfügung stellen, auch Kinderschminken wird möglich sein.«

»Victor, bei Schönwetter wird die Veranstaltung im großen Innenhof des Pfarrhofs neben der Kirche stattfinden und bei Schlechtwetter…« Victor unterbrach Pater Pierre.

»Bei unseren Veranstaltungen gibt es nur schönes Wetter, ganz bestimmt.« Jetzt lächelte Pater Pierre, er hatte sogar Vertrauen in Victors Wetter-vorhersagen.

»Frau Professor Julia wird die Musikanlage des Gymnasiums mitbringen, damit wir einerseits musikalische Untermalung und andererseits die Möglichkeit für Ansprachen haben. Ältere Personen, die nicht mehr so mobil sind, werden von unseren

Jugend-hilft-Mitgliedern abgeholt, während der Veranstaltung betreut und wieder nach Hause gebracht.

Professor Wolf, unser Musiklehrer, hat sich bereit erklärt, mit dem Shuttlebus zu fahren. Im Gegenzug musste ich ihm versprechen, nach Möglichkeit meine Gesangsversuche für immer zu unterlassen.«

»Du hast sogar deine Professoren eingeteilt. Großartig!«

»Klar Pater, ich weiß ja, welche Professoren mir wohlgesonnen sind.« Bei dieser Aussage lächelte Victor wie ein Schelm. Er war voll in seinem Element. Unglaublich, welche Ideen Victor zu Tage brachte. Es vergingen noch ein paar Wochen, doch dann war der Tag des Festes gekommen.

In den letzten Tagen davor waren die Vorbereitungen auf Hochtouren gelaufen und die Spannung war gestiegen. Hin und wieder hatten Victor und ich über ein paar Details diskutiert, doch, wie auch schon früher, waren wir, *Anne & Victor*, unzertrennlich. Es war schön zu sehen, wie sich alles entwickelt hatte, vom ersten Gedanken bis zum Tag der Veranstaltung. Ich hatte nie das Gefühl, dass Victor dieser Aufgabe nicht gewachsen sei. Manchmal wurde er kurz nervös, hielt für einen Moment inne und machte weiter, als wäre nichts gewesen. Er sagte mir, dass er sich in solchen Momenten sammeln und tief durchatmen würde, bis sich seine Nervosität gelegt hätte. War das tatsächlich Victor Schmidt, mein Victor? Ich konnte es nicht glauben, wie sicher er voranging und wie er mit jeder Aufgabe gewachsen war. Es machte mich ein bisschen stolz, ihn so zu sehen, denn immerhin war Victor mein bester Freund. Victor hatte seine Ticks und seine Unsicherheit tatsächlich überwunden. Kurz vor Beginn kam auch unsere Freundin Michelle, sie war allen mit ihrer lieblichen Art ans Herz gewachsen.

»Wie kann ich euch helfen?«

Alle wussten natürlich, dass Michelle eine extreme Sehschwäche hatte und wir wollten unbedingt eine Aufgabe für sie finden. Doch welche sollte es sein? Auch Victor überlegte, er wollte Michelle auf keinen Fall sagen, dass sie uns nicht helfen könne. Das brachte er nicht übers Herz.

»Michelle, schön, dass du uns helfen willst, in Kürze habe ich eine tolle Aufgabe für dich.«

Michelle freute sich sehr, dies zu hören. Victor lief zu Pater Pierre, denn er hatte keine Ahnung, welche Aufgabe er Michelle geben sollte. Etwas außer Atem erreichte er Pater Pierre, der gerade noch die letzten Vorbereitungen traf.

»Pater Pierre, Pater Pierre!« »Was ist geschehen Victor?« »Michelle will uns helfen, aber aufgrund ihrer Sehbehinderung weiß ich nicht, welche Aufgabe ich ihr geben soll.« Auch Pater Pierre wirkte etwas ratlos. Gleichzeitig war er der Meinung, dass eine Tätigkeit für Michelle gefunden werden musste.

»Ich weiß nicht, Victor. Das ist nicht so einfach.« Ich flüsterte Victor ins Ohr, dass Michelle sehr gut reden könne, sie hätte immer wieder spannende Geschichten erzählt.

»Ich hab's!«, verkündete Victor voller Freude.

»Michelle könnte die Programmpunkte des Festes ankündigen, also eine Art Moderatorin sein.« Pater Pierre fiel in dieser Sekunde ein Stein vom Herzen, denn auch er wusste mittlerweile um die Redegewandtheit von Michelle.

»Ja, Victor, so machen wir es!« Victor rannte wieder retour zu Michelle.

»Ich habe eine großartige Aufgabe für dich, Michelle.« Ihre Augen begannen zu leuchten.

»Wenn du magst, kannst du die Programmpunkte des Festes ankündigen. Ich werde dich zu Frau Professor Julia bringen, damit sie dir den Umgang mit dem Mikrofon erklärt. Würdest du das tun?«

»Victor, ich weiß nicht, ob ich das kann.«

»Du kannst das Michelle! Ich weiß das und es ist eine wichtige Aufgabe für unsere Veranstaltung.« Victor nahm Michelle in den Arm, als Zeichen, dass er ihr vertraute.

»O.K., ich mache es. Aber bin ich denn schön genug, um vorne zu sprechen?« Dabei deutete sie auf ihre Kleidung.

»Du siehst bezaubernd aus, Michelle!« Sie hatte ein buntes Frühlingskleid an und sah wirklich sehr hübsch aus.

»Danke, Victor.« Bahnte sich da etwas zwischen Michelle und Victor an? Schon seit längerer Zeit fiel mir auf, dass Michelle ein Auge auf Victor geworfen hatte. Ein Mädchen mit fünfzehn Jahren wusste schon, welcher Junge ihm gefällt. Victor brachte, wie vereinbart, Michelle zu Frau Professor Julia, die auch den genauen Programmablauf kannte. Sie gab Michelle die letzten Instruktionen und nach einer kurzen Sprechprobe fühlte sich Michelle sicher und war bereit, ihre erste Moderation zu machen. Pater Pierre ging noch eine Kontrollrunde durch das Veranstaltungsgelände um sich zu vergewissern, dass auch alles in Ordnung war. Nun kamen auch schon die ersten Gäste, ältere Personen, welche von den jugendlichen Mitgliedern unserer Organisation begleitet wurden. Im Hintergrund spielte schon fröhliche Musik und der erste Duft von gegrilltem Fleisch verbreitete sich im festlich gestalteten Innenhof. Victor hatte sogar seine Eltern eingeteilt. Sein Vater übernahm die Funktion des Kassiers, diese passte perfekt für einen höheren Beamten des Bundesrechenzentrums. Seine Mutter engagierte sich als Chefin der Cafeteria. Ja, das Fest hatte begonnen. Pater Pierre und Victor übernahmen die Funktion des Empfangskomitees. Sie begrüßten die Gäste sehr herzlich. Man konnte davon ausgehen, dass, wenn Pater Pierre zu einer Festlichkeit lud, einige Leute kommen würden, doch die Anzahl der Besucher überstieg die Erwartungen. Es wurden weitere Bänke und Tische aufgestellt, um den Gästen eine Sitzmöglichkeit zu bieten. Die kulinarische Versorgung lief auf Hochtouren und die fröhliche Stimmung erfreute die Besucherschar.

»Läuft doch hervorragend«, sagte Pater Pierre zu Victor im Vorbeigehen.

»Ja, und…wir haben schönstes Frühlingswetter«, ergänzte Victor lächelnd und deutete Richtung Himmel. Nun kam der Einsatz von Michelle.

»Ich bitte um Ihre Aufmerksamkeit!« Michelle verschaffte sich überzeugend Gehör.

»Darf ich Sie um etwas Ruhe bitten…« Wir staunten nicht schlecht, wie professionell sie das machte. In der Tat, der Lärmpegel der Besucher erreichte fast den Nullpunkt, perfekt für die erste Ansprache.

»Bitte begrüßen Sie mit mir den Initiator von *Jugend hilft*, Herrn Pater Pierre.« Unter tosendem Applaus ging Pater Pierre nach vorne und übernahm das Mikrofon von Michelle. Er war gerührt, als er die große Anzahl an Gästen sah.

»Herzlich willkommen beim Fest unserer Organisation *Jugend hilft*. Ich freue mich sehr, dass Sie so zahlreich gekommen sind.« Der Bürgermeister, der den Ehrenschutz übernommen hatte, kam erst jetzt etwas verspätet zur Veranstaltung, aber Pater Pierre entging dies nicht.

»Ganz besonders möchte ich unseren Herrn Bürgermeister begrüßen, der soeben mit seiner Ankunft unserem Fest noch mehr Glanz verleiht. Wir möchten mit der heutigen Veranstaltung zeigen, dass unsere Jugend nicht nur vor dem Computer verweilt und kostbare Zeit vergeudet, sondern dass unsere Jugendlichen Verantwortung übernehmen und selbstlos Hilfe anbieten. Unsere Jugendlichen zögern keine Sekunde, wenn es um die Hilfeleistung für bedürftige Personen geht. Diese Jugendlichen zögern keine Sekunde, wenn sie anderen jungen Menschen helfen können. Ich bin auf euch alle sehr stolz!« Pater Pierre musste sich einige Tränen aus den Augen wischen, denn er sah, wie viele Jugendliche sich versammelt hatten, um ihn zu sehen und zuzuhören.

»Ja, genau ihr, wie ihr da steht, ihr seid Vorbilder und die Säulen unserer Organisation. Ich danke euch allen für euren Einsatz! Das gilt natürlich auch für alle Erwachsenen, die uns immer tatkräftig unterstützen, ganz besonders heute bei dieser Veranstaltung. Wo ist denn Victor, Victor Schmidt?

Dort drüben bei der Cafeteria kann ich ihn sehen. Victor, du hattest die Idee für diese Veranstaltung und warst der Hauptorganisator. Ich danke dir dafür, denn auch du als Jugendleiter bist ein Vorbild der Nächstenliebe. Unsere Jugendlichen werden von Tisch zu Tisch gehen und Lose für die Tombola verkaufen. Es gibt wunderbare Preise zu gewinnen. Besuchen Sie auch unseren Infostand. Victor und ich erzählen Ihnen gerne über die Tätigkeiten von *Jugend hilft*. Der Reinerlös dieser Veranstaltung kommt zur Gänze diesem Projekt zugute. Ich wünsche Ihnen noch ein schönes Fest. Dankeschön, dass Sie gekommen sind.« Die emotionale Rede von Pater Pierre fand sehr großen Anklang bei den Besuchern.

Ich beobachtete Victor sehr genau, noch genauer sah ich auf sein rechtes Handgelenk. Trotz dieser stressigen Situation gab es keinen Moment, an welchem Victor über eine Flucht nachdachte. Diese würde bestimmt mit dem Drehen des Handgelenks eingeleitet. Er fühlte sich seiner Sache sicher und hatte Freude am Tun, so wie es auch schon Pater Pierre erwähnt hatte. Victor war angekommen und glücklich. Ich freute mich sehr darüber. In der Zwischenzeit hatte der Jugendchor unter der Leitung von Professor Wolf Aufstellung genommen. Sie sangen moderne Lieder, welche im Schulunterricht einstudiert worden waren. Nach ein paar Liedern ergriff auch der Bürgermeister das Mikrofon, seine Rede wurde von Michelle angekündigt. In dieser Rede sagte er dem Projekt *Jugend hilft* finanzielle Unterstützung zu, denn er fand diese Art der Hilfe einzigartig. Er nahm auch alle anderen politischen Fraktionen in die Pflicht und meinte, dass man bei solchen Anlässen parteiübergreifend agieren müsse und Zusammenhalt zeigen sollte. Woraufhin sich sein politischer Konkurrent und Stadtrat zu einer großzügigen Geldspende hinreißen ließ. Nach dieser Ansprache, welche mit großem Applaus beendet wurde, gab der Jugendchor wieder einige Lieder zum Besten.

Bei der anschließenden Tombola verkündete Michelle die Hauptpreise, die so manchen Gewinner überraschten und bei den Besuchern teilweise für Gelächter sorgten. Der Bürgermeister gewann einen Massage-Gutschein im Studio der Ehefrau seines politischen Konkurrenten. Frau Professor Julia, als überzeugte Vegetarierin, gewann einen Wurstkorb des örtlichen Fleischhauers. Und Victors Vater erhielt einen Friseurgutschein, ein super Preis, hätte er keine Glatze.

Natürlich gab es auch Gewinner, die passende Tombola-Preise erhielten. Ja, man weiß nie, wohin das Glück fällt.

Victor gab Michelle ein paar Informationen über die Sponsoren, für welche sie eine kurze

Werbedurchsage machen sollte. Auch diese Aufgabe meisterte sie mit Bravour. Michelle galt als Entdeckung des Tages, besonders als der Jugendchor wieder Aufstellung nahm und die Sopranistin vor Aufregung ihr Solo nicht singen konnte und Michelle in der gleichen Sekunde für sie einsprang und den Solopart übernahm. Da staunten alle nicht schlecht. Niemand wusste bis zu diesem Tag, welch begnadete Stimme Michelle hatte. Sie sang das Lied *Edelweiß* aus dem Musicalfilm Sound of Music, der österreichischen Trapp-Familie. Diesen zauberhaften Moment werden die meisten Gäste nie mehr vergessen. Michelle sang dieses Lied mit einer Hingabe, dass sogar Victor eine Träne vergießen musste. Spätestens nach ein paar Takten dieses Liedes wussten alle Besucher, dass dieser besondere Moment nicht alltäglich war. Der letzte Akkord war verklungen - Stille. Diese Stille, in welcher man sich kurz Zeit nahm, um nachzudenken, ob das jetzt wirklich passiert war oder man alles nur geträumt hatte. So ein Augenblick, als ob die Zeit stillstehen würde. Nachdem sich alle einig waren, dass Michelle tatsächlich gesungen hatte, setzte Applaus ein. Dieser Applaus konnte nicht mit *normal* beschrieben werden, ein Sturm von Applaus fegte durch den Innenhof und die Besucher erhoben sich von den Plätzen. Ein Mädchen, so jung und zart, so zerbrechlich. Ein Mädchen, welches sein Augenlicht fast zur Gänze verloren hatte, war mit einer Stimme gesegnet, die niemanden kalt ließ. Man musste kein Musikprofessor sein, um diese Einschätzung zu treffen, denn jeder hatte es gehört, genau in diesem Moment.

Frau Professor Julia nahm Michelle in den Arm, denn sie war von der Reaktion des Publikums überwältigt. Einige Tränen kullerten Michelle über die Wagen. Auch Pater Pierre und Victor liefen nach vor, um Michelle zu gratulieren. Der Applaus wollte nicht enden. Daher sprach Professor Wolf kurz mit Michelle und gab dem ganzen Chor den Einsatz und sie sangen nochmals den Refrain des Liedes. Und ich würde lügen, wenn ich sage, dass der Applaus nach dieser Zugabe weniger wurde. Nein, die stehenden Ovationen waren genauso euphorisch wie beim ersten Mal und Michelle hatte sich diesen Applaus jedes einzelnen Gastes wirklich verdient.

Nach dieser Überraschung wurde Michelle von vielen Personen umringt, natürlich auch von ihrer Mutter. Sogar vor ihr hatte Michelle dieses Talent sehr gut versteckt. Egal, ab diesem Tag gab es kein Verstecken mehr, diese Stimme konnte man nicht überhören. Nach diesem emotionalen Ereignis mussten sich einige Personen wieder beruhigen, nicht nur Michelle. Ich hatte Victor gebeten, er möge mit Michelle reden, denn sie musste diesen Moment erst verarbeiten.

»Michelle, du warst großartig!«

»Meinst du, Victor?«

»Du warst nicht nur großartig, es war phänomenal. Du hast doch die Leute gehört, sie wollten unbedingt eine Zugabe. Wir sind alle begeistert, Michelle.«

»Danke.« Michelles *Danke* klang aber eher traurig.

»Freust du dich nicht über diesen Erfolg?«

»Ich kann mich nicht freuen, Victor.« Die nächsten Tränen sammelten sich in Michelles Augen.

»Wieso denn nicht? Du hast eine so großartige Stimme, du wirst bestimmt einmal eine erfolgreiche Sängerin. Und das sage nicht nur ich. Alle, die dich heute gehört haben, können es bestätigen.« Jetzt gab es kein Halten mehr, Michelle weinte bitterlich.

»Was ist los?« Auch Pater Pierre und Michelles Mutter kamen hinzu. Ihre Mutter nahm Michelle in den Arm.

»Sag mir, was los ist, Liebes.« Sie sprach ganz ruhig zu Michelle. Langsam begann Michelle zu reden.

»Ich kann keine Sängerin werden.«

»Warum denn nicht?«, sprach Victor allen aus der Seele.

»Wer will schon eine junge blinde Sängerin? Ich werde immer eine graue Maus, ein behindertes Mädchen bleiben. Ich will keinen Mitleidsapplaus. Ich will keinen Blindenbonus.«

Pater Pierre musste auch einen Satz loswerden. »Niemand hat dir heute einen Mitleidsapplaus aufgrund deiner Einschränkung gegeben. Alle haben applaudiert, weil du großartig gesungen hast. Michelle, du hast uns mit deiner Stimme so erfreut, dass wir teilweise geweint haben. Aber niemals aus Mitleid, sondern aus Freude.«

»Und wenn schon, ich werde immer das blinde Mädchen, das ein bisschen singen kann, sein.«

Zugleich wurde mir, und bestimmt auch allen anderen, klar, wie sehr Michelle unter ihrer eingeschränkten Sehkraft litt. Welche tiefen Verletzungen musste Michelle als fast blindes Mädchen bisher ertragen? Als gesunder Mensch kann man sich nicht vorstellen, was es bedeutet, keine Farben und niemals einen wunderschönen Sonnenaufgang oder Sonnenuntergang zu sehen. Nicht einmal Schwarz und Weiß konnte sie unterscheiden. Wie sollte Michelle jemals unbekümmert und voller Freude durchs Leben gehen, so, wie es viele Jugendliche in ihrem Alter tun? Sie musste jeden Schritt vorausplanen, sich jeden Schritt gut überlegen. Was ist das für ein Leben? Genau diese Emotionen kamen in diesem Moment bei Michelle hoch. Wir konnten nur ansatzweise erahnen, wie sie sich fühlte.

»Michelle, es gibt viele Sänger, die trotz Einschränkung erfolgreich sind.« Victor musste etwas sagen, auch wenn er sich nicht sicher sein konnte, welche Reaktion diese Feststellung bei Michelle auslösen würde.

»Ach ja, welche sind das?« Immerhin hatte Michelle geantwortet, während sie mit ihrem Kopf an der Schulter ihrer Mutter lehnte.

»Stevie Wonder zum Beispiel.«

»Den kenne ich nicht.«

»Stevie Wonder ist blind und einer seiner bekanntesten Songs ist *I just call to say I love you.*« Victor war gut informiert.

»Ja, dieses Lied kenne ich«, meinte Michelle.

»Dann gibt es noch einen berühmten Italiener, er ist ebenfalls blind, er singt sogar Opernarien - Andrea Bocelli.« Auch Pater Pierre konnte sein Wissen einbringen.

»Der ist nicht blind«, entgegnete Michelle.

»Doch Liebes, Andrea Bocelli ist blind.« Michelles Mutter versuchte, diesen Moment mit ein paar Worten zu retten.

Michelle setzte sich wieder auf. Andrea Bocelli kannte sie natürlich, denn sie hörte gerne klassische Musik, so wie Victor.

»Der ist auch blind?« Gleichzeitig wischte sich Michelle die Tränen aus dem Gesicht. Victor versuchte nun mit einer lustigen Pose eine positivere Stimmung zu erzeugen. »Höchste Zeit für eine französische Sängerin, allein schon wegen der

Frauenquote. Bald werden sie dich ankündigen: Heute singt für Sie die zauberhafte, einzigartige Michelle Bernard.« Bernard war Michelles Nachname.

Jetzt musste sogar Michelle lächeln. Und es schien so, als ob Michelle für einen Augenblick ihre Sorgen und Ängste vergessen könnte. Pater Pierre ging erleichtert wieder zu den Gästen, auch Michelles Mutter lächelte und begab sich wieder zu ihrem Arbeitsplatz bei den Getränken. Victor nahm Michelle ganz sanft an den Schultern und versuchte, sie zu ermutigen.

»Michelle, du hast ein großartiges Talent. Du singst wie ein Engel, Gott hat dir diese wunderbare Stimme gegeben, sie ist ein Geschenk. Nütze dieses Talent, hab Vertrauen! Ver-trauen heißt auch, sich etwas trauen. Trau dir etwas zu, sei mutig du wirst deinen Weg machen, ganz bestimmt!«

»Ich weiß nicht, ob ich es schaffe, Victor.«

»Wenn du es wirklich willst, wenn du deiner Berufung und deiner Liebe folgst, dann wirst du es schaffen.« Nach diesen Worten sah man ein Leuchten in Michelles Augen. Victor hatte die richtigen Worte gefunden. Als Dank gab Michelle total unerwartet Victor ein Küsschen auf die Wange. Victor lächelte und ging zurück zum Infostand, wo bereits einige Leute auf ihn warteten.

Die gesamte Veranstaltung war ein großer Erfolg und hatte das Ziel erreicht. Die Gäste konnten sich einen guten Überblick über die Tätigkeiten von *Jugend hilft* machen.

Mit dem Erlös der Veranstaltung und dem Sponsorengeld konnten zum Beispiel Gehhilfen für ältere Personen gekauft werden. Im Pfarrsaal wurden Spielenachmittage organisiert. Kinobesuche für beeinträchtigte Kinder zählten auch zu den Aktivitäten. Insgesamt stellten Pater Pierre und Victor also ein buntes Programm zusammen. Victor wurde nicht müde und investierte den größten Teil seiner Freizeit in das Projekt *Jugend hilft*. Ja, es hatte sich einiges verändert, es war nicht mehr so wie früher. Auch mir machte es großen Spaß, Victor bei der Umsetzung seiner Ideen zu helfen.

So vergingen einige Monate und es gab immer etwas zu tun. Michelle hatte ihren ersten Gesangsauftritt absolviert und gehörte nun als Solosängerin zum Jugendchor. Aufgrund des großen Erfolges kamen immer mehr Anfragen von Veranstaltern und Professor Wolf bat Victor, ob er nicht ab und zu das Management übernehmen könne. Das machte Victor auch, denn diese Bitte konnte er Professor Wolf nicht abschlagen. Aus Anfragen wurden Auftritte, am Anfang nur ein Auftritt jeden zweiten Monat, dann schon ein Auftritt pro Monat, Tendenz steigend.

Als Highlight des Jugend-Chor-Konzerts, wie könnte es anders sein, sang Michelle zum Abschluss das Lied *Edelweiß*. Mancher Gast kam nur wegen dieses Liedes zum Konzert. Bis eines Tages ein Musikproduzent auf Michelle aufmerksam wurde. Er erkundigte sich beim Veranstalter, wer dieses Mädchen mit der glockenhellen Stimme sei. Dieser Produzent rief bei Victor an, denn er wollte noch einige Details über Michelle wissen, die Victor gerne, nach Abstimmung mit ihrer Mutter, weitergab. Victor war nicht sicher, wie er sich verhalten sollte.

»Du machst dir zu viele Gedanken.« Das musste ich ihm sagen.

»Du hast leicht reden, Anne, tu trägst ja keine Verantwortung. Was soll ich denn tun, wenn plötzlich ein Vertragsangebot ins Haus flattert und vielleicht nur für Michelle und nicht für den gesamten Chor?«

»Das wäre doch toll, Victor! Das ist es, was du wolltest, wovon ihr, also du und Pater Pierre, gesprochen habt. Ihr habt doch Michelle ermutigt und ihr gesagt, dass sie es schaffen wird.«

»Ich weiß nicht, ich weiß nicht!« So unsicher hatte ich Victor schon lange nicht erlebt.

»Kommt Zeit, kommt Rat.« »Dein Wort in Gottes Ohr, Anne.«

Es dauerte nicht lange, da kam tatsächlich eine Anfrage des Produzenten für eine Probeaufnahme im Tonstudio mit Michelle, ohne Chor.

»Was soll ich jetzt tun?«

»Zusagen Victor, es ist eine Probeaufnahme und keine viermonatige Tournee.«

Victor überlegte noch einen Tag, dann sprach er mit Michelle und ihrer Mutter und erteilte danach die Zusage für eine Probeaufnahme. Beim ersten Aufeinandertreffen mit dem Produzenten machte dieser einen positiven und freundlichen Eindruck. Aber Victor war vorsichtig, er hatte schon von vielen *schwarzen Schafen* in dieser Branche gehört. In einem Punkt waren sich Victor und der Produzent, der übrigens Marcel hieß, einig. Es spielte keine Rolle, dass Michelle eine stark ausgeprägte Sehschwäche hatte, im Gegenteil, meinte Marcel, sie würde anderen Menschen mit Beeinträchtigung Mut machen. Michelle konnte ihre Aufregung nicht verbergen. Marcel ging mit ihr durch das Studio, er erklärte ihr die Funktion der verschiedenen Apparaturen. Er wollte, dass sich Michelle an das Ambiente des Studios gewöhnte. Marcel hatte eine Orchesteraufnahme vom Lied *Edelweiß* organisiert und Michelle sollte dazu singen. Als Michelle etwas ruhiger geworden war, führte Marcel Michelle in die schalldichte Kabine, wo bereits ein Mikrofon und Kopfhörer bereit lagen. Aus dem Aufnahmeraum, der auch Regieraum genannt wurde, konnten wir Michelle durch ein Fenster beobachten. Da stand sie nun, am Beginn ihrer Karriere, gesangsbereit mit den Kopfhörern über den Ohren. Die Musik wurde eingespielt, Michelle kannte das Lied in- und auswendig, aber sie setzte nicht ein. Keine zauberhafte Gesangsstimme war über die Boxen im Aufnahmeraum zu hören. Was war los? Über Knopfdruck am Mischpult konnten wir aus dem Regieraum mit Michelle sprechen.

»Michelle, wir beginnen nochmals von vorne«, sagte Marcel und gab das Zeichen an den Tonmeister, der die Musik startete. Michelle gab nickend ihre Zustimmung.

Es kam wieder die Stelle, an der Michelles Gesang einsetzen sollte, doch sie schwieg. Was war hier los? Der Produzent erklärte uns, dass es bestimmt die Aufregung und das ungewohnte Setting sei, denn Michelle hatte keine Erfahrung mit Mikrofon, Kopfhörern und dergleichen.

Trotzdem bat er Victor, mit ihm zu Michelle in die Kabine zu gehen und mit ihr zu sprechen. Sie brauche bestimmt eine Vertrauensperson in ihrer Nähe. Victor betrat die Kabine und nahm vorsichtig die Kopfhörer von Michelles Kopf, um sie nicht zu erschrecken.

»Michelle, wie können wir dir helfen?«, sagte Victor, damit sie eine vertraute Stimme hörte.

»Ich glaube, ich kann das nicht«, lautete Michelles Antwort.

»Ist die Musik im Kopfhörer zu laut oder zu leise?« Marcel wollte der Sache auf den Grund gehen.

»Die Lautstärke passt, aber ich fühle mich mit dem Kopfhörer nicht wohl. Ich fühle mich so abgeschottet, wenn ich den Kopfhörer aufhabe.«

Marcel konnte das gut verstehen. Aufgrund ihrer eingeschränkten Sehfähigkeit hatte sie nun auch das Gefühl, taub zu sein, denn die Kopfhörer ließen keine Geräusche von der Außenwelt zu. Aber er hatte eine Idee.

»Wir versuchen Folgendes, Michelle. Wir setzen dir jetzt nur eine Seite des Kopfhörers auf und das andere Ohr bleibt frei. Du kannst trotzdem die Musik hören und auch deine Umgebung wahrnehmen.« Das klang gut und Michelle war einverstanden. Doch eine Bitte hatte sie noch.

»Victor, kannst du bei mir in der Kabine bleiben? Ich fühle mich so allein hier.« Marcel nickte.

»Ja, Michelle, ich bleibe hier bei dir.« Nun lächelte sie und Marcel kehrte in den Aufnahmeraum zurück. Kurz darauf kam wieder die Information an Michelle, dass es von vorne losgehen würde. Zugleich wurde die Musik vom Tonmeister gestartet. Und dieses Mal, was soll ich sagen, es war überwältigend. Michelle sang so wunderschön, dass allen Personen im Regieraum die Gänsehaut rauf und runter lief. Dieser mächtige Klangkörper des Orchesters und diese himmlische Stimme - mir fehlten die Worte.

Eigentlich passte schon die erste Aufnahme, also *Take Eins* in der Fachsprache, aber Michelle hatte so große Freude, sie wollte das Lied nochmals singen. Ja, und das tat sie auch und wie. Es war eine Offenbarung. Sie legte all ihre Liebe in dieses Lied *Edelweiß* und das war zu hören. Victor blieb bis zum letzten gesungenen Ton bei Michelle in der Kabine, bis der Aufnahmeleiter das Zeichen zum Ende der Aufnahmen gab. Danach gingen beide, Michelle und Victor, in den Regieraum, um die fertige Tonaufnahme zu hören. Ich hörte die Aufnahme bereits zum dritten Mal, aber ich konnte mich nicht satthören. Ich beobachtete Victor und als er die Aufnahme hörte, sammelten sich Tränen in seinen Augen. Michelle hatte ein Dauergrinsen im Gesicht. Sie bezeichnete diesen Tag als den glücklichsten Tag in ihrem Leben.

Der Produzent Marcel zeigte sich zufrieden mit den Aufnahmen und redete von einer gelungenen Performance. Er kündigte an, dass er sich im nächsten Monat melden würde, denn er hätte noch einige Entscheidungsträger zu kontaktieren.

Es verging ein Monat, es vergingen zwei Monate, drei Monate, von Marcel kam kein Lebenszeichen.

»Ich verstehe das nicht, warum meldet sich dieser Marcel nicht?«

»Gut Ding braucht Weile, Victor.« Was sollte ich auch sonst sagen.

»Anne, hatte Marcel ein Monat oder Monate gesagt?«

»Definitiv ein Monat, aber bei Produzenten weiß man es doch nie. Das kann länger dauern und von heute auf morgen, wie aus dem Nichts, kommt dann ein Plattenvertrag.«

»Ich hoffe, du behältst recht.«

Alles nahm wieder seinen gewohnten Lauf. Schule und Abiturvorbereitung standen auf dem Programm. Das gefiel Victor nicht. Er war doch schon in der Arbeitswelt verankert und fand die Tätigkeiten als Jugendleiter bei *Jugend hilft* oder als Manager des Jugendchors viel interessanter. Aber seine Mutter und sein Vater machten Druck, ein Abschluss der Schule musste unbedingt geleistet werden und danach stünde ihm die ganze Welt offen. Also hatte das Bestehen des Abiturs absolute Priorität. Bis zu dem Tag, als wir folgende Nachricht erhielten. Ich hatte den ganzen Tag ein komisches Gefühl, daher bat ich Victor bei Michelles Mutter anzurufen und sich nach ihr zu erkundigen.

»Hallo! Hier ist Victor. Ist Michelle hier? Wie geht es ihr?« Ich drückte die Lautsprechertaste, um das Gespräch mitzuhören. Doch ich hörte kein Sprechen, sondern nur das Weinen von Michelles Mutter.

»Victor, Michelle ist seit heute im Krankenhaus.«

»Was ist geschehen?«

»Ihre Krankheit ist weiter fortgeschritten und es könnte sein, dass sie ihr Augenlicht komplett verliert, auch noch die letzten zehn Prozent.« Das war ein Schock. Mit dieser Nachricht hatten weder Victor noch ich gerechnet.

»Das tut mir unendlich leid, ich werde Michelle gleich morgen im Krankenhaus besuchen.«

Ein längeres Gespräch mit der Mutter hätte keinen Sinn gemacht, sie war total von der Rolle, verständlicherweise. Niemand konnte sich vorstellen, was dieser Verlust des Augenlichts für Michelle bedeuten würde. Schwarz - Nacht, für immer.
Oh mein Gott!

Victor war am Boden zerstört. Michelle, seine singende Prinzessin, wie er sie manchmal liebevoll nannte, eine hundertprozentige Blindheit, das durfte nicht sein!
Ich versuchte, ihn zu trösten, aber es war so gut wie unmöglich.

»Was muss dieses Mädchen noch alles erleiden? Es war doch bisher schon schlimm genug.«
Die Verzweiflung stand ihm ins Gesicht geschrieben.

»Victor, morgen im Krankenhaus werden wir mehr erfahren. Bis dahin müssen wir uns gedulden.«

Gedulden traf wirklich zu, denn in dieser Nacht schliefen wir keine Sekunde. Victor nahm am Morgen noch einen Schluck Kaffee, danach machten wir uns auf den Weg ins Krankenhaus. Michelle freute sich über den Besuch. Sie schien mir sehr gefestigt, sie machte überhaupt keinen verzweifelten Eindruck. Wusste sie nicht, was auf dem Spiel stand?

»Wie geht es dir, Michelle?«

»Danke, ganz gut. Meine Krankheit ist weiter fortgeschritten und das macht den Ärzten Probleme. Auch meine Mutter hat Probleme damit.« Meine Güte, war dieses Mädchen stark!

»Was haben dir die Ärzte gesagt?« Gute Frage, Victor. Jetzt sollten wir dem Wissensstand von Michelle näher kommen.

»Sie werden mich untersuchen und es könnte sein, dass meine Sehleistung noch schlechter wird.« O.K., von einer möglichen totalen Finsternis, einer totalen Blindheit hat niemand gesprochen. Frechheit! Oder war da doch noch ein Funke Hoffnung, welchen die Ärzte am Leben halten wollten. Keine Ahnung!

»Wir hoffen das Beste, Michelle! Du weißt, wir müssen an deiner Gesangskarriere weiterarbeiten.«

»Ja, das machen wir. Hat sich Marcel gemeldet?«

»Nein, leider nicht. Aber gut Ding braucht Weile.«
Hey, das war mein Spruch! Gut, Victor durfte das.

Vielleicht verfolgten alle Beteiligten den Plan, Michelle bei Laune zu halten, solange noch nichts fix war. Diese Meinung teilte ich auch Victor mit, als wir nach zirka einer Stunde das Krankenhaus verließen.

»Könnte sein, Anne, aber trotzdem ist das nicht fair.«

»Victor, was ist schon fair im Leben?«
Victor hatte die Idee, in die Kirche zu gehen und für Michelle zu beten. Ich fand das ausgezeichnet. So betraten wir um die Mittagszeit die Kirche. Keine Menschenseele - die ganze Kirche für uns allein.
Kniend beteten wir. Victor sprach zwar leise, aber ich konnte ihn trotzdem verstehen.

»Lieber Gott, mach, dass Michelle nicht ihr ganzes Augenlicht verliert. Ich bitte dich und deinen Sohn Jesu Christi, der auf die Erde kommen ist, um uns Menschen zu erlösen und der am dritten Tage auferstanden ist. Du hast den Tod besiegt, für dich ist nichts unmöglich. Michelle ist noch so ein junges Mädchen, sie braucht deine Hilfe!«

Victor spielte ab und zu den Starken, doch im Inneren war er ein sensibler, feinfühliger Mensch.
Sein Gebet zu Gott war sogar ein Flehen, es war ein Zeichen von Verzweiflung. In Stille verbrachten wir

noch einige Zeit in der Kirche und sprachen unsere Gebete für Michelle.

»Gott wird ihr helfen«, sagte ich, als er das Kirchentor öffnete.

»Ich hoffe, Anne, ich hoffe wirklich.«

»Victor, ich weiß, der Zeitpunkt ist denkbar schlecht, aber ich muss dir dringend etwas sagen.«

»Was denn, Anne?«

»Ich werde bald gehen.«

»Du willst mich verlassen?«

»Von wollen ist keine Rede, ich habe eine neue Aufgabe erhalten.« Victor begann zu weinen.

»Es tut mir unendlich leid, aber ich kann es nicht ändern.« Ich streichelte Victor übers Haar.

»Ich habe befürchtet, dass dieser Zeitpunkt kommen wird. Wie viel Zeit bleibt uns noch?«

»Zwei Wochen, viel länger kann ich nicht mehr bleiben.« Victor stand unter Schock.

»Ich wollte es dir früh genug sagen, damit du dich vorbereiten kannst.« Nach einiger Zeit der Stille flüsterte Victor bedrückt.

»Und ich habe geglaubt, dass wir ewig zusammen sind.«

»Wenn ich es mir aussuchen könnte, würde ich für immer bleiben, glaube mir Victor.«

»Ich weiß, Anne. Aber die Hoffnung stirbt zuletzt.«

An diesem Nachmittag ließ ich Victor allein, er musste diese Information verarbeiten. Und noch dazu die schwierige Situation mit Michelle, deren Ausgang ungewiss war. Victor hatte wirklich eine schwere Zeit. Auch für mich war es nicht leicht, auch ich war sehr traurig. Wir waren doch die besten Freunde, eine Freundschaft, die normalerweise bis ans Ende des Lebens dauern sollte. Aber was sein muss, muss sein.

Plötzlich kam Victor ein Gedanke, welcher ihn ein bisschen ablenken konnte. Er hatte doch noch seine Schreibmaschine und ein Wunsch war noch offen. Der dritte und letzte Wunsch. So eine verfahrene Situation, dachte sich Victor. Denn je länger er überlegte, desto weniger wusste er, was er tun sollte. In Victors Kopf geisterten zwei Wünsche herum. Doch welchen Wunsch sollte er in die Schreibmaschine tippen, beziehungsweise welchen Wunsch würde die Maschine akzeptieren? Es gab keinen Spielraum, es gab auch keinen zweiten Versuch. Der dritte und letzte Wunsch musste klar und exakt formuliert werden.

Michelle soll wieder gesund werden!
Anne soll bei mir bleiben!

Diese beiden Wünsche standen zur Auswahl. Wie sollte er sich entscheiden? Welche Konsequenzen hatte diese Entscheidung? Victor versuchte einen klaren Kopf zu bewahren, denn er musste eine wichtige Entscheidung treffen.

Auf der einen Seite war Michelle. Dieses Mädchen mit der himmlischen Stimme, das nur mehr zehn Prozent seiner Sehleistung hatte und diese möglicherweise auch noch verliert. Victor hätte es in der Hand, dass sie nicht in ewiger Finsternis leben muss. Ein Leben ohne Licht. Ein Leben in totaler Finsternis. Ein Leben, in dem es nie mehr Tag wird, ist kaum vorstellbar. Oder wäre der Sprung von zehn auf null Prozent gar nicht mehr so arg?
Michelle kannte bisher kein freies Leben, sie war immer ein starkes Mädchen und sie würde diesen Absturz auf Null mit Fassung tragen.
Verwirrung machte sich in Victors Kopf breit.

Dann gab es noch mich, seine beste Freundin Anne. Anne, die ihn in- und auswendig kannte, mit der er viele Jahre seines Lebens verbracht hatte. Die ihn durch viele schwierige Phasen des Lebens begleitet hatte. Anne, die immer für ihn da war. Die unvergesslichen schönen Stunden, die er mit mir erlebt hatte. Obwohl diese Freundschaft nicht immer unter einem guten Licht gestanden hatte und manche Außenstehenden vor dieser Freundschaft gewarnt hatten, hielt sie bis zum heutigen Tage. Ein paar Buchstaben auf der Schreibmaschine könnten bedeuten, dass ich, Anne, für immer bei ihm bleiben könnte. Würde es funktionieren? Wer müsste den Preis für meinen Verbleib zahlen? Michelle? Mit ewiger Blindheit? Noch dazu kam, dass es keinen zweiten Versuch für den letzten Wunsch gab. Der erste Versuch musste funktionieren.

»Oh Herr, was soll ich nur tun?«, dachte sich Victor.

Könnte er sich auf Gott verlassen? Dann würde Gott die Gesundung von Michelle erledigen und die Schreibmaschine könnte sich um Anne kümmern.

Doch im Leben ist nichts hundertprozentig. Ein gewisser Prozentsatz ist immer mit Ungewissheit besetzt. Es gibt immer eine Kehrseite der Medaille. Keine Entscheidung zu treffen, ist auch keine Lösung. Jeden Tag ist man gezwungen, Entscheidungen zu treffen. Das geht schon am Morgen los. Stehe ich auf oder bleibe ich im Bett?

Es gibt auch Entscheidungen, welche man nicht verschieben kann. Diese Entscheidungen müssen sofort getroffen werden. Es sind Entscheidungen über Tod und Leben und es gibt keinen Spielraum für den Faktor Zeit. *Jetzt* bedeutet jetzt sofort und nicht irgendwann. Sogar das geringste Übel zu wählen ist besser, als keine Entscheidung zu treffen. In Victors Kopf ratterte es gewaltig. Victor musste sich entscheiden und fiel es ihm auch noch so schwer.

Er holte seine Schreibmaschine aus dem Sekretär hervor und spannte ganz langsam ein Blatt Papier ein. Er wollte noch ein bisschen Zeit zum Überlegen gewinnen. Doch der Zeitpunkt der Entscheidung war gekommen. Kurz ärgerte sich Victor, dass diese Schreibmaschine keinen weiteren Wunsch mehr übrig hatte. Hätte er einen seiner drei Wünsche einsparen können?

Pat, der verschollen und abgestürzt war?

Seine Oma, die sonst nicht mehr aufgewacht wäre?

Nein, Victor hatte alles richtig gemacht! Jetzt gab es keine Zeit mehr zu verlieren. Darum tippte Victor, ohne auf das Papier zu schauen, den dritten und letzten Wunsch auf der Tastatur der Schreibmaschine. Nach dem ersten Anschlag gab es kein Zurück und Victor tippte weiter und weiter, jeden einzelnen Buchstaben seines Wunsches. Der letzte Anschlag war vollbracht und der Typenhebel nahm wieder seine Ausgangsstellung ein. Victor hielt sich die Augen zu, denn er wusste noch nicht, ob die Maschine diesen Wunsch auch tatsächlich auf das Papier geschrieben hatte, was gleichzeitig bedeutete, dass der Wunsch akzeptiert wurde.

Nur Mut, Victor, gib dir einen Ruck und schau auf das Papier! Er versuchte es mit Selbstmotivation. Victor nahm die Hände von seinen Augen und blickte mutig auf das Papier.

Und tatsächlich, Buchstabe für Buchstabe, in schwarzer Farbe, stand der dritte und letzte Wunsch auf dem Papier: *Michelle soll wieder gesund werden!*

Victor wusste, die Maschine hatte den Wunsch akzeptiert. Doch was würde ich, seine beste Freundin Anne, dazu sagen, dass er den letzten Wunsch für Michelle und nicht für mich verwendet hatte? Keine zehn Sekunden waren vergangen, schon kamen die ersten Zweifel in Victor hoch.

Er sollte sich doch freuen, denn Michelle hatte jetzt die Chance, nicht ganz zu erblinden. Doch Victor glaubte, dass er mich jetzt mit Sicherheit für immer verloren hätte. Es war zum Verrücktwerden. Victor war total verwirrt. Hätte er den anderen Wunsch genommen, wäre ich vielleicht geblieben, aber Michelle hätte ihr Augenlicht für immer verloren. Wie Victor es drehte und wendete, es gab kein *Richtig* oder *Falsch*. Es wurde eine wichtige Entscheidung, die eine weitgreifende Auswirkung hatte, getroffen.

Dieses Gedankenkarussell konnte man kaum abstellen. Victor wurde klar, dass er mich so bald als möglich informieren musste.

Am nächsten Tag traf ich Victor. Ich wusste sofort, dass ihm etwas auf dem Herzen lag. Ich kannte ihn wie meine eigene Westentasche.

»Was ist los, Victor?« Stille - es war fast wie früher, als wir noch Kinder waren. Victor schwieg.

»Ich weiß doch, Victor, dass was los ist. Sag schon!« Victor gab sich einen Ruck, umarmte mich und sagte:

»Anne, ich habe gestern den dritten und letzten Wunsch in die Schreibmaschine getippt.«

»Es ist dein gutes Recht, Victor. Es ist doch deine Schreibmaschine!«

»Ich habe lange überlegt, ich hatte zwei wichtige Wünsche, doch ich musste mich für einen entscheiden.«

»Und deine Entscheidung fiel auf Michelle, richtig?«

»Ja, Anne, wie kannst du das wissen?« Das klang fast wie eine Entschuldigung.

»Victor, ich kenne dich doch, das wird sich nie ändern.«

»Und was sagst du nun? Du bist sicher sehr enttäuscht.«

»Nein, Victor, kein bisschen. Du hast alles richtig gemacht.« Ich umarmte Victor, um ihm zu zeigen, dass es mir ernst war. Victor fiel ein Stein vom Herzen.

»Michelle wird jetzt ein bisschen Augenlicht behalten. Gute Entscheidung, Victor!«

»Danke, Anne!«

Victor war froh, dass diese Sache jetzt geklärt war. Vielleicht hatte er mit einer ganz anderen Reaktion meinerseits gerechnet, doch es gab für mich keinen Grund, beleidigt zu sein.

Am gleichen Tag erhielt Victor einen Anruf von Michelle aus dem Krankenhaus und sie teilte ihm mit, dass die Ärzte überraschenderweise eine Operation planten. Ein Chirurg aus Kanada würde diesen Eingriff übernehmen und versuchen, ihr Augenlicht zu retten. Niemals zuvor wurde eine ähnliche Operation durchgeführt, aber der Spezialist aus Kanada behauptete, dass die Erfolgschancen gut seien.

»Klar, das musst du machen, Michelle, es ist eine gute Möglichkeit!« Michelle hatte noch wenig Vertrauen in diese Operation.

»Ich weiß nicht, Victor.«

»Was sagt deine Mutter dazu?«

»Meine Mutter ist für diesen Eingriff.«

»Siehst du, Michelle, deine Mutter hat Vertrauen in das Ärzteteam. Welchen Eindruck macht der Chirurg auf dich?«

»Er ist sehr nett. Er hat uns den Eingriff im Bereich der Netzhaut genau erklärt und er macht einen guten und kompetenten Eindruck auf mich.«

»Das klingt doch vielversprechend.« Trotzdem ging es wieder einmal um eine Entscheidung. So wie Victor wegen des letzten Wunsches eine

Entscheidung treffen musste, so waren jetzt Michelle und ihre Mutter an der Reihe. Natürlich musste man bei einem medizinischen Eingriff das Risiko abwägen, aber diese Entscheidung konnte ihnen niemand abnehmen. Victor merkte, dass seine Meinung für Michelle wichtig war. Man sollte mit vertrauten Personen Rücksprache halten und andere Meinungen einholen. Ein guter Weg zur Entscheidungsfindung, gar keine Frage, doch das letzte *Ja* oder *Nein* musste man selbst aussprechen.

»Danke, Victor, ich wollte unbedingt deine Meinung hören.«

»Gerne, Michelle, es wird alles gut gehen, du wirst sehen.« Vielleicht konnte Victor tatsächlich zur Entscheidung beitragen und er wusste, dass sein letzter Schreibmaschinenwunsch auch im Spiel war. Somit konnte nichts geschehen, die Operation musste positiv verlaufen - geht doch gar nicht anders. Michelle und ihre Mutter trafen die mutige Entscheidung - zu jeder Entscheidung gehört Mut - und es wurde alles für den Eingriff vorbereitet. Die Operation wurde für Freitag, zwei Tage nach der Entscheidung, angesetzt.

Nervosität lag in der Luft. Victor wartete zu Hause in der Nähe des Telefons, denn Michelles Mutter hatte versprochen, sich nach der Operation sofort zu melden. Es vergingen Stunden, ein komplizierter

Eingriff am Auge, in diesem Fall an zwei Augen, brauchte eben Zeit.

»Es wird alles gut gehen, Victor.« Ich versuchte, ihn zu beruhigen. Dies gelang mir aber nicht.

»Was ist, wenn es schiefgeht? Ich habe zur Operation geraten.« Victor zweifelte an seinem gut gemeinten Rat.

»Der Chirurg aus Kanada ist weltweit der beste Arzt für diesen Eingriff. Sie haben doch Glück, dass er seit drei Wochen in diesem Krankenhaus ist.«

»Ja, aber…«

»Kein Aber, lieber Victor. Auch du sollst an den Erfolg dieser Operation glauben. Wenn wir alle gemeinsam an den Erfolg glauben und diese Gedanken an Michelle und den Chirurgen senden, wird alles gut werden.«

»Das klingt nach *Hokuspokus*.«

»Victor, du Zweifler. Positive Gedanken sind keine Illusion oder Täuschung. Gegen diese positive Kraft sieht der beste Zaubertrick blass aus.«

Nach über sechs Stunden kam der erlösende Anruf von Michelles Mutter. Die Operation ist gut verlaufen, Michelles Augen wurden verbunden, sie wird noch einige Tage im Krankenhaus bleiben.

»Siehst du, Victor, alles ist gutgegangen.«

»Ja, Anne, und ich bin unendlich froh darüber.«

Zwei Tage später besuchten wir Michelle im Krankenhaus. Sie freute sich sehr darüber. Michelles Augen waren zwar noch verbunden, aber sie wirkte sehr positiv. Für den nächsten Tag wurde die erste Nachuntersuchung festgelegt, um nochmals den chirurgischen Eingriff zu kontrollieren.

Michelle wurde versprochen, dass ihr bei gutem Verlauf in den nächsten Tagen der Verband abgenommen würde. Doch leider brachte diese Untersuchung nicht das gewünschte Ergebnis.

Der Eingriff selbst hatte perfekt funktioniert, doch die Heilung brauche noch etwas Zeit. Mit dieser Information blieb Michelle weiterhin unter Beobachtung im Krankenhaus. Nach weiteren drei Tagen wurde wieder eine Untersuchung durchgeführt. Leider konnte der Chirurg aus Kanada keine Fortschritte im Heilungsprozess verkünden. Eigentlich müsste man eine Verbesserung sehen, doch er fand keine Erklärung für diese Verzögerung. Er sprach mit Michelles Mutter und erklärte ihr, dass es durchaus sein könne, dass die Heilung mit großer Verspätung eintrete. Es verging eine weitere Woche. Michelle musste noch immer mit dem Verband ausharren. Immer wieder besuchten wir sie im Krankenhaus, um ihr Mut zu machen und sie zum Durchhalten zu animieren.

So ehrlich musste man sein, langsam machte sich großer Zweifel breit. Nicht nur bei Michelle, bei ihrer Mutter, bei Victor, sondern auch bei den Ärzten. Diese setzten eine letzte Frist von zwei Tagen. Sollte bis dahin keine Verbesserung eintreten, dann müsse man den Verband abnehmen und den unerfreulichen Tatsachen ins Auge sehen. In dem Zusammenhang könnte dieser Spruch nicht besser passen.

»Wo ist nun dein Optimismus, Anne?« Victor klang süffisant. »Wo sind jetzt deine positiven Gedanken?« Ich musste mir eingestehen, dass auch ich an der Sache zweifelte. Ich wusste nicht, warum diese Operation keinen Erfolg gebracht beziehungsweise keine Wirkung gezeigt hatte, denn operationstechnisch hatte der Eingriff, laut den Ärzten, funktioniert. In der Gesamtheit gesehen waren alle mit ihrem Latein am Ende. Die Vorzeichen waren doch gut! Ein Experte aus Kanada, einer der besten Ärzte weltweit, der sich mit großen Erfolgschancen an den Eingriff wagte. Auch die Schreibmaschine hatte Victors letzten Wunsch akzeptiert. Es war ein Rätsel.

Victors Gemütszustand verschlechterte sich von Stunde zu Stunde. Er wechselte von verzweifelt über süffisant bis hin zu wütend. Er packte seine Sachen und, ohne ein Wort zu sagen, verließ er das Haus. Seine Eltern sahen aus dem Fenster, denn er knallte die Haustür wütend zu.

»Wo gehst du hin?«, fragte ich ihn vorsichtig, doch er sagte nichts. Ein paar Minuten später betraten wir die Treppe zur Kirche. Ah, Victor will beten, gute Idee, dachte ich mir. Doch er hatte etwas anderes vor und wenn ich darüber nachdenke, schäme ich mich.

»Wo bist du?«, brüllte Victor beim Betreten der Kirche. Ich traute meinen Ohren nicht. Warum schrie er so? Außerdem hatte er Pater Pierre noch nie mit *Du* angesprochen. Doch er meinte nicht Pater Pierre.

»Wo bist du, allmächtiger Gott? Wo bist du, wenn man dich braucht?« Victor war in Rage mit einem wütenden Ton gegenüber Gott. Ich konnte nichts sagen, ein Schockzustand lähmte meine Stimmbänder.

»Warum hilfst du Michelle nicht? Du versteckst dich hier in deinem Haus, im Haus Gottes und im Krankenhaus braucht man dich. Ist das die Nächstenliebe, die du meinst? Helfen zu können und nichts zu tun! Was bist du nur für ein Gott? …sag etwas! Oder hast du deine Stimme verloren?«

Dieses Gebrüll tat mir in der Seele weh. Als Victor das Gebetbuch nahm und in Richtung Altar werfen wollte, stoppte ihn eine Hand. Nein, es war nicht die Hand Gottes, sondern die Hand von Pater Pierre, dem ehrfürchtigen Diener Gottes. Er sprach ganz ruhig.

»Es ist genug, Victor. Gott hat dich bestimmt gehört, er ist ja nicht taub.« Nach diesen Worten ließ sich Victor auf den Boden fallen. Er vergrub sein Gesicht in den Händen und begann zu weinen. Niemals zuvor hatte ich Victor so weinen gesehen. Sein lautes Schluchzen in dieser leeren Kirche traf mich mitten ins Herz. Nach ein paar Minuten kniete sich Pater Pierre zu ihm hin.

»Es ist gut, Victor, setzen wir uns auf die Bank.« Er half Victor auf, der kraftlos wirkte, und sie setzen sich in eine der Bankreihen. Nach einiger Zeit der Stille, die hin und wieder durch einen tiefen und lauten Schluchzer von Victor unterbrochen wurde, begann Pater Pierre zu beten. Er betete in einer angenehmen Lautstärke das Glaubensbekenntnis, das Vaterunser, ein Ave-Maria und irgendwann begann auch Victor mit ihm zu beten. Ich betete im Geiste mit. Durch das Beten kehrte wieder die andächtige Stimmung, die dem Hause Gottes würdig war, ein.

Nach dem Gebet hielten wir Stille, bis Pater Pierre zu sprechen begann.

»Du bist sehr verzweifelt, Victor.«

»Ja, Pater, das bin ich.« Victor sprach jetzt wieder in normaler Lautstärke aber mit gebrochener Stimme.

»Pater, ich habe gesündigt. Ich habe im Haus Gottes geschrien und Gott für alles verantwortlich gemacht.«

»Das war nicht zu überhören, daher bin ich gleich in die Kirche geeilt.«

»Wird mir Gott je verzeihen?«

»Das hat er schon, Victor. Denn du bist dir deiner Schuld bewusst. Und sobald wir unsere Fehler, auch unsere Wut, unseren Zweifel vor Gott hinbringen, nimmt er sich unserer Sorgen an. Gott ist unser Freund, Victor, vergiss das nicht!«

»Aber warum hilft Gott nicht? Michelle braucht dringend seine Hilfe.«

»Victor, bitte Gott um Hilfe, jetzt in diesem Moment, dann wird er helfen.«

»Doch vielleicht ist es zu spät, denn die Operation liegt schon viele Tage zurück.«

»Für Gott ist es nie zu spät, Victor. Gott hilft dann, wenn der richtige Zeitpunkt dafür ist und nicht, wenn wir Menschen es unbedingt wollen. Vertraue auf Gott! Gott wartet darauf, dass du ihm vertraust und dann wird er helfen. Er braucht deinen Glauben und dein Vertrauen, Victor. Mehr braucht Gott nicht, dann ist für ihn nichts unmöglich.« Victor trocknete die letzten Tränen, er kniete sich hin und betete in der Stille ein Gebet. Ich betete ganz leise für mich und auch Pater Pierre betete.

Am nächsten Tag besuchten wir Michelle im Krankenhaus. Irgendwie spürte man eine deutlich bessere Stimmung. Für die Stärke und die

Leidenskraft müsste man Michelle grundsätzlich einen Orden verleihen, aber an diesem Tag versprühte sie unglaublich viel positive Energie.

Wir wussten, dass dies der Tag der Wahrheit sei und wir warteten ungeduldig auf das Ärzteteam.

»Weißt du, Victor, ich bin froh, dass der Verband heute wegkommt. Und so wie das Ergebnis sein wird, so ist es gut.« Mein Gott, hatte dieses Mädchen ein Vertrauen! Victor und Michelles Mutter mussten lachen.

»Du bist so großartig, Michelle!«, antwortete Victor.

Das Ärzteteam und auch der Chirurg kamen in das Zimmer und begrüßten uns alle sehr freundlich.

»So, Michelle«, sprach der Oberarzt, »es ist soweit, wir werden den Verband für immer abnehmen.« Die Krankenschwester schnitt ganz vorsichtig den Verband durch und langsam wurde das Verbandsmaterial entfernt. Was musste nun in Michelle vorgehen? Ihr war die Spannung ins Gesicht geschrieben. Als alles entfernt war, sagte der Oberarzt:

»Du kannst jetzt vorsichtig deine Augen öffnen.« Michelle folgte dieser Aufforderung.

Zuerst hob sie das rechte Augenlid und dann auch das linke. Alle blickten auf Michelle.

»Was siehst du, Michelle?« Das interessierte nicht nur den Oberarzt, sondern auch alle anderen

Anwesenden brennend.

»Alles ist so hell«, antwortete Michelle, dabei verdeckte sie die Augen mit ihren Händen. Sie hatte das Gefühl, geblendet zu werden, obwohl der Raum bewusst etwas abgedunkelt war. Die Krankenschwester sagte zu Michelle:

»Das ist O.K. Wenn du soweit bist, versuche die Finger deiner Hände zu öffnen, damit du etwas durchblicken kannst!«
Zuerst blickte Michelle mit dem rechten Auge und dann riskierte sie auch einen Blick mit dem linken Auge, doch sofort waren die Finger der Hände wieder geschlossen. Ihre Mutter war verwirrt.

»Michelle, was ist los?«

»Ich weiß nicht, Mama? Es ist noch ziemlich hell und sehr ungewöhnlich.« Ungewöhnlich, was sollte das bedeuten?

»Was kannst du sehen?« Jetzt schaltete sich auch der kanadische Chirurg mit dem englischen Slang ein. Michelle blickte nun mit beiden Augen durch die Fingeröffnungen und die Antwort traf uns wie ein Blitz.

»Euch alle, ich kann euch alle sehen!«, schrie Michelle voller Freude. Mit dieser Antwort hatte niemand gerechnet. Die Ärzte und auch die Krankenschwester sahen sich verwundert an.

»Das ist eigentlich nicht möglich«, erklang der deutsch-englische Slang. »Bist du dir da sicher?«

Michelle nahm die Hände jetzt runter, drehte ihren Kopf zur Seite in Richtung der Stimme und sagte zu ihrer Mutter.

»Ja, ich bin mir sicher. Eine schöne goldene Halskette trägst du, Mama.«

Alle jubelten vor Freude, vorsichtig wurde Michelle von ihrer Mutter umarmt. Victor saß noch auf dem Sessel an der Wand und konnte nichts sagen. War das jetzt alles ein Traum? Nein, es war ein Wunder! Die Ärzte freuten sich mit Michelle, doch sie fanden keine Erklärung dafür. Aus medizinischer Sicht war es unmöglich. Man war davon ausgegangen, dass man die zehnprozentige Sehleistung stabilisieren könne oder im besten Fall um ein paar Prozent verbessern, aber es war völlig undenkbar, dass Michelle ihr vollkommenes Augenlicht zurückbekommen würde. Und genau so wurde die Diskussion im Krankenzimmer geführt, als sich Victor vom Sessel erhob zu Michelle ging und sagte:

»Für Gott ist nichts unmöglich.« Er umarmte Michelle und der Satz des Tages, den Michelle in Dauerschleife wiederholte, war:

»Ich kann wieder sehen!« Wer konnte es ihr verdenken. Eine junge Dame, die ihr Leben bis zu ihrem mittlerweile sechzehnten Lebensjahr nahezu in Dunkelheit verbracht hatte, konnte plötzlich alles sehen. Alles - Menschen, Gegenstände, Farben, die

Sonne, die Blumen und vieles mehr. Unglaublich! Michelle musste um einen Tag im Krankenhaus verlängern, doch das machte ihr nichts aus. Sie nahm ihre Umgebung jetzt ganz neu wahr. Die Ärzte wollten noch ein paar Untersuchungen machen, um diese medizinisch unerklärbare Heilung zu dokumentieren.

Bevor wir an diesem Tag des Wunders das Krankenhaus verließen, wollte Victor Michelle vom letzten Wunsch der Schreibmaschine erzählen. Am Anfang wusste er nicht, wie er es erklären sollte, doch dann begann er von der Schreibmaschine zu erzählen. Nach ein paar Sätzen unterbrach ihn Michelle:

»Ich weiß alles, Victor.«

»Wie kannst du das wissen?«

»Anne war vor der Operation bei mir und hat mir alles erzählt. Sie hat so schönes goldenes Haar.« Victor verstand die Welt nicht mehr.

Ich hatte das Krankenzimmer schon vorher verlassen und Victor eilte mir nach.

»Ich wusste gar nicht, dass du vor der Operation bei Michelle warst.« Es klang fast vorwurfsvoll.

»Victor, du weißt vieles nicht. Aber das macht nichts, man muss nicht alles wissen.« Ich lächelte ihn versöhnlich an.

»Da versteh einer die Frauen!«

»Bist du glücklich, dass dieses Wunder eingetreten ist? Auf Gott ist eben doch Verlass!«

»Ich schäme mich, Anne. Wie konnte ich nur an seiner Hilfe zweifeln. Natürlich bin ich überglücklich, so wie alle, die diesen Moment erlebt haben.« Für einen Augenblick war es still.

»Victor, meine Zeit ist jetzt gekommen.«

»Wie bitte?«

»Die zwei Wochen sind vorüber. Ursprünglich hatte ich gehofft, dass ich länger bleiben könne, vielleicht sogar für immer. Mein Auftrag hier ist zu Ende, du brauchst mich nicht mehr und auf mich wartet bereits eine neue Aufgabe.« Victor stand wie versteinert am Flur des Krankenhauses.

»Bitte nicht, Anne!«

»Du weißt, Victor, es muss sein. Ich möchte dir noch zwei wichtige Dinge sagen. Erstens, dein Wunsch, dass ich bei dir bleiben soll, hätte nicht funktioniert. Es ist ähnlich wie bei deiner Oma, wenn sich eine Seele entschieden hat zu gehen, kann man es nicht rückgängig machen. Du hättest also den letzten Wunsch verschwendet, denn du hattest nur einen Versuch.«

»…und zweitens?«, Victor blickte neugierig.

»Ich mache jetzt etwas Verbotenes. Dafür werde ich eine kleine Strafe ausfassen, aber das ist es mir wert. In Kürze wird sich der Produzent Marcel bei dir melden und einen Plattenvertrag für Michelle anbieten. Ich hoffe, du wirst gut verhandeln und den Vertrag unterschreiben.«

»Woher weißt du das, Anne?«

»Ich weiß es eben, Victor. Lass dich jetzt zum Abschied umarmen!«

»Ich will nicht, dass du gehst!«

»In diesem Fall zählt es nicht, was wir wollen. Tief im Herzen werden wir immer miteinander verbunden sein, auch wenn wir meilenweit voneinander entfernt sind. Denn unsere Freundschaft ist unzertrennlich auf ewig, mein Freund.«

Fest umschlungen standen wir da und hofften, dass dieser Moment nie zu Ende geht. Nach einigen Minuten trennten wir uns.

»Victor, pass gut auf dich und auch auf Michelle auf! Auf Wiedersehen!«

»Danke, Anne, für alles! Ich werde dich vermissen.« Eine Träne kullerte an Victors rechter Wange herunter. Ich drehte mich schnell um und lief aus dem Krankenhaus, keinen einzigen Blick machte ich zurück, sonst hätte Victor mich weinen gesehen.

Victor hatte seine Berufung und den Sinn des Lebens - anderen Menschen zu helfen - gefunden. Er gründete noch einige Hilfsprojekte, die er mit Leidenschaft und Begeisterung betreute.

Unterstützt wurde er von seiner Frau Michelle, die tatsächlich eine bekannte französische Sängerin wurde. Ja, die beiden haben geheiratet. Ihre Kinder, ein Sohn und eine Tochter, machten ihr Glück perfekt. Der Tochter gaben sie den Namen Anne. So ein Zufall! Und ich, Anne, ich bin alles außer gewöhnlich - ein Sternenkind. Ich kehrte zurück, um meinen Eltern zu helfen und Victor zu begleiten. Es war mein erster Auftrag aus der geistigen Welt.

Mich konnten nur fünf Personen sehen: meine Mutter Marie, mein Vater Daniel, Victors Oma kurz vor ihrem Tod, Michelle vor ihrer Augenoperation und natürlich Victor. Vielleicht gibt es irgendwann ein Wiedersehen, wenn der Auftrag der göttlichen Quelle es so vorsieht.

ALLES LIEBE - LIEBE IST ALLES!

DANK

Danke an all die lieben Leser*innen. Eure vielen positiven Rückmeldungen zu meinem Debütroman haben mich ermutigt, diesen neuen Roman zu schreiben.

Vielen lieben Dank an alle Unterstützer*innen und Partner*innen, die dieses Buchprojekt ermöglicht haben. Durch eure Hilfe konnte die Geschichte von *Anne & Victor* veröffentlicht werden.

Herzlichen Dank und alles Liebe!
Andreas

Andreas Brandstätter
geb. 19.04.1975

Dipl. Mentaltrainer
Dipl. Sport-Mentaltrainer
Dipl. Burnout Präventionstrainer
Dipl. Trainer der Erwachsenenbildung
Buchautor
Theaterautor
Musiker
info@mentalebalance.at
www.mentalebalance.at

Bereits erschienen bei BoD:

Elenas himmelblaue Kleider
»Eine Geschichte über die Schönheit des Lebens«
ISBN: 978-3-7519-1538-0

Gib dem Frieden wieder Kraft
»Ein mentaler Mutmacher«
ISBN: 978-3-8482-2005-2

ANDREAS BRANDSTÄTTER

Gib dem Frieden wieder Kraft

Beginne bei dir,
weil du es dir wert bist

Ein mentaler Mutmacher